Michail Krausnick

Der Räuberlehrling

BELTZ
& Gelberg

Gulliver Taschenbuch 162

Programm Beltz & Gelberg, Weinheim
Lizenzausgabe

Reihenlayout und Einband von Wolfgang Rudelius
Gesamtherstellung Druckhaus Beltz, 69494 Hemsbach
Printed in Germany
ISBN 3 407 78162 8
1 2 3 4 5 97 96 95 94 93

Gulliver Taschenbuch 162

Michail Krausnick, geboren 1943 in Berlin, studierte bis zur Promotion Literaturwissenschaft und Soziologie in Heidelberg und lebt heute als freischaffender Schriftsteller bei Heidelberg. Er ist Autor sowohl von Sach-, Film- und Fernsehbüchern wie auch Kinder- und Jugendbüchern. Im Programm Beltz & Gelberg erschienen *»Da wollten wir frei sein!«. Eine Sinti-Familie erzählt; Beruf: Räuber; Hungrig! Die Lebensgeschichte des Jack London* sowie *Die eiserne Lerche. Die Lebensgeschichte des Georg Herwegh* (Deutscher Jugendliteraturpreis 1991).

»Kaiser, König, Edelmann,
Bürger, Bauer, Bettelmann –
Jeder raubt
So gut er kann.«

Volksmund

Inhalt

Die Hauptpersonen

Eduard Klotz	Öffentlicher Ankläger in den französisch besetzten Gebieten, vom General-Commissaire der linksrheinischen Departements mit der Verfolgung der Räuberbanden beauftragt. Dank der Zusammenarbeit mit mehreren deutschen Kleinstaaten wird er zum erfolgreichen Räuberjäger. (Historisches Vorbild: Anton Keil)
Carolus Thalberg	Sekretär des Öffentlichen Anklägers.
Claus Ullmann, alias »Generälchen«	ein jugendlicher Deserteur, der unter die Räuber geriet. (Historisches Vorbild: Löw Ulmann)
Franz Georg Wittig, alias »Schwarzer Malocher«	Chef einer Räuberbande, die mit der großen Niederländischen Bande zusammenarbeitet, gibt sich auch als »Kaufmann Pindray« aus. (Historisches Vorbild: Major, Picard u. a.)
Ferdinand Hessel, alias »Studentchen«	Räuber und Meisterdieb (Historisches Vorbild: Damian Hessel, Fetzer u. a.)
Alois Mozart, alias »Bayerbub«	Wilddieb und Raubgeselle des Schwarzen Malochers

Ephraim Moses Hirsch, alias »Moses Jacob«	Scherenschleifer und Baldowerer (Auskundschafter)
Rebecca Hirsch	seine Tochter

Räuberzeit

»Es kann keine Feder beschreiben, wie sehr seit dem letzten Kriege die Zahl der Arbeitslosen, demoralisierten Menschen, Bettler, Vaganten, Diebe, Räuber und Mörder zugenommen hat, so daß beinahe jeder Hausbesitzer, der noch etwas zu verlieren hat, sein Haus wie eine im Belagerungszustand erklärte Festung zu verwahren besorgt ist.«

Aus den »Allgemeinen Justiz- und Polizeiblättern«

9. Oktober 1802

Bericht des jugendlichen Vaganten Claus Ullmann, Sohn eines fränkischen Bauern:

Es war zu Altenstein im April dieses Jahres. Ich war von Haus zu Haus gegangen, hatte bei den Zünften und in den Bürgerhäusern nach Arbeit gefragt, doch niemand in dieser reichen, wohlgeordneten Stadt wollte mich in Dienst nehmen. Ich hatte an manche Haustür geklopft, mit den Meistern gesprochen, und ich erinnere mich gern an jenen freundlichen alten Hausdiener, der mir heimlich einen Knust Brot und ein Stück Schinken zusteckte.

Doch was heißt das schon? Obgleich ich meine Uniform, um vor Verfolgung sicher zu sein, unkenntlich gemacht, sämtliche Klappen und Knöpfe abgerissen hatte, spürten die biederen Bürgersleute nur allzugut, daß sie einen Fahnenflüchtigen vor sich hatten. Es soll ja besondere Gesetze geben und harte Strafen für denjenigen, der einem Ausreißer hilft. In Hanau verlor einst ein Meister der Knochenhauerzunft seine Bürgerrechte. Man hat ihn, wie man sagt, dort den Soldaten ausgeliefert, er mußte Spießruten laufen und nachher ohne weiteren Prozeß in das Zuchthaus zu harter Arbeit, während zwei seiner Söhne als Rekruten zur Kompanie Kornrumpf eingezogen wurden – als Ersatz für den Schaden.

Solche Exempel waren vielerorts statuiert worden, die Ängstlichkeit war groß unter den Bürgern. Auf der anderen Seite mußte ich auf der Hut sein, daß mich ja keiner an die Behörden oder Rekrutierungsbüros auslieferte, denn – so stand es an mancher Hauswand auf einem Zettel angeschlagen – für jeden eingebrachten Deserteur wurde ein Fanggeld von zehn Talern bezahlt. Und dann – mein Gott! – hätten sie mich windelweich geprügelt bei meinen Wittgensteiner Husaren oder zur Mahnung an den nächsten Baum geknüpft.

Die Angst im Gesicht, das ist die Uniform, an der ein Deserteur erkannt wird. Und da es in Altenstein von Soldaten nur so wim-

melte und das Mißtrauen und Achselzucken kein Ende nehmen wollte, suchte ich gar bald das nächste Stadttor zu erreichen, um endlich mein Heil in den Dörfern und Weilern vor der Stadt zu finden.
Am Stadttor jedoch sprach mich ein fremder Mann an, ein Reisender und Scherenschleifer von Beruf, sagte, er wüßte gute Arbeit und gutes Geld für einen davongelaufenen Soldaten wie mich, und fragte, ob ich nicht Lust hätte, bei einem reichen Kaufmann in Dienst zu treten.
Ich erwiderte, daß ich jede Arbeit und jedes Mittel fortzukommen mit Vergnügen ergreifen wolle.
Sofort nahm der Fremde seinen Fuß vom Pedal und das Messer vom Wetzstein, schob seinen Schleifkarren beiseite und versprach, mich sogleich zu den Komptoirs, das heißt zu den Handelsräumen seines Herrn und Gebieters, zu geleiten. Freilich wurde es ein langer und beschwerlicher Weg, den ich kaum noch zu beschreiben vermag. Unterwegs erzählte ich dem Scherenschleifer von meinem bisherigen Schicksal, wie die Großbauern und Pfandleiher meine Eltern um ihren kleinen Hof gebracht und auf welch schändliche Weise mich die Werber zu den Wittgensteiner Husaren gelockt hatten.
Auch von meiner Kindheit erzählte ich dem Alten und von meiner ersten Begegnung mit den Soldaten, als die Preußen in unser Dorf kamen und alle Häuser nach jungen Burschen durchsuchten, die sie für ihren Krieg gegen die Franzosen brauchten. Wie sie schließlich auch in unsere Scheuer kamen und mit ihren Bajonetten blindwütig das Heu durchstachen, bis ein entsetzlicher Schrei herauskam und es blutrot heraustroff. Das war mein ältester Bruder, der Steffen, dem war der Arm so verstümmelt, daß er für die Soldaten nicht mehr zu gebrauchen war. Dafür nahmen sie nun meinen zweiten Bruder, den Christoph, und unseren letzten Gaul mit ins Feld. Fortan mußte ich auf dem Acker für drei arbeiten,

doch der Ertrag reichte nicht mehr aus, die Pacht und die Steuern zu zahlen. Und so blieb meinem Vater nichts anderes übrig, als mit mir nach Seligenstadt zu den Pfandleihern zu wandern. Während mein Vater im Obergeschoß über Zins und Bürgschaft verhandelte, trat aus der Posthalterei ein kostbar gekleideter Herr auf mich zu und meinte, ich könne mir in der Zwischenzeit ein paar Pfennige verdienen, wenn ich ihm eine Botschaft in den »Goldenen Bär« tragen und mit Antwort retournieren wolle. Arglos ging ich auf den Vorschlag ein. Im Bären ließ man mich endlos lang auf Antwort warten, doch zur Entschädigung spielten lustige Musikanten auf, und ein freundliches Mädchen spendierte mir so viel Apfelmost und Branntwein, daß mir ganz schummrig wurde und ich in ihren weichen Armen bald schon in Schlummer sank. Als ich erwachte, lag ich in einem großen Kellergewölbe im Stroh und hatte den Degen eines Wittgensteiner Offiziers auf der Brust. Warum ich noch nicht in Uniform und zum Abmarsch bereit sei? schnarrte er mich an. Schlaftrunken schüttelte ich meinen Kopf und murmelte, daß ich doch überhaupt kein Soldat sei. Aber ja doch, ja doch, er hat doch das Handgeld genommen! erwiderte ein Musikant, der hinter dem Offizier stand. Ich solle nur mal in meinen Hosensack greifen. Ich griff sogleich in die Tasche und erschrak zu Tode, als ich in der Tat vier Wittgensteiner Dukaten darin fand. Das sei doch wohl ein eindeutiger Beweis, lachte der Offizier, und ließ auch meinen Protest, daß ich erst fünfzehn Jahr alt sei, nicht gelten. Das wahre Alter erkenne man an der Statur und den Muskeln – und es genüge ein Federstrich, meine lügenhafte Altersangabe zu korrigieren. Als ich mich wehren wollte, zu toben und zu schreien begann, hielten mich die Husaren mit Gewalt zurück. Auch mein Bitten und Flehen blieb ungehört. Mit einsamer Kellerhaft, Stockprügeln und Spießrutenlauf gewöhnten sie mir das Weinen ab und lehrten mich, welche Ehre es sei, den Wittgensteiner Rock zu tragen.

Meine Eltern habe ich bislang nicht mehr wiedergesehen. Doch erzählte mir eines Tages ein Mausfallenhändler aus der Heimat, daß der Vater den Hof ohne die Hilfe seiner Söhne nicht habe halten können und unser ganzer Besitz verpfändet und versteigert worden sei. Der Bürgermeister habe ihn danach für heimatlos erklärt und aus dem Dorf gewiesen, der Graf von Geltern aber habe sich erbarmt und vergönne ihm seither ein Gnadenbrot als Viehknecht auf Gut Liebskind.

Als ich das hörte, glaubte ich, daß mir vor Wut und Verzweiflung der Kopf platzen müßte. Auf dem schnellsten Wege wollte ich heim zu meinen armen Eltern, und schon lud ich meine Pistole in der Absicht, den betrügerischen Offizier bei der nächstbesten Gelegenheit über den Haufen zu schießen. Doch wurde ich von einem Freunde beruhigt, und nach der Schlacht bei Niedernroda nutzte ich die Gelegenheit, mit siebenunddreißig Kameraden aus dem Feldlager zu desertieren.

Dies alles erzählte ich dem Scherenschleifer, der mir aufmerksam zuhörte und mit Kopfschütteln und ernstem Blicke Anteil an meinem Schicksal nahm.

»Nichts ist ekelhafter als eine gebrauchte Guillotine!« Eduard Klotz, Öffentlicher Ankläger in den von den Franzosen besetzten linksrheinischen Departements, zog den Mantelkragen vor das Kinn. Ein kalter Wind strich über den leeren Marktplatz von Günzenhausen. Dunkle Wolken verfinsterten den morgendlichen Himmel. »Man sollte sie möglichst rasch abbauen. Auch die Tribüne!«

»Selbstverständlich! Selbstverständlich!« Maire Eugen Riedinger, der Bürgermeister der kleinen Stadtgemeinde, mühte sich, mit seinen hohen Besuchern Schritt zu halten. »Die Stadt hat noch nicht ausgeschlafen!« keuchte er entschuldigend. »Man muß die Feste feiern, wie sie fallen. Eine solche Hinrichtung hat man nicht alle Tage. Die ganze Stadt war außer Rand und Band, das hätten Sie sehen sollen! Schaulustige aus dem ganzen Departement. Die Wirtshäuser waren gerammelt voll!«

»Barbarisch! Mittelalterliche Unsitten! Was wir brauchen, sind würdige Zeremonien, feierlicher Ernst. Das heilige Menschenrecht, Humanität und Vernunft sollen triumphieren! Das ist der Sinn des modernen Blutgerichts...«

»Aber ist es nicht ein Grund zur Freude«, entgegnete der Bürgermeister, »wenn sich die Menschheit von ihren Beleidigern, von einer Pestbeule wie dem Mordbrenner Zunderwolfram, ein für allemal befreien kann? Ist das nicht ein Grund zum Feiern und Jubilieren?«

Der Öffentliche Ankläger schüttelte den Kopf. »Wir triumphieren nicht – wir sühnen! Wir werden zwei Fuhrwerke aus Neuenburg schicken, um die Guillotine abzuholen!«

Der Öffentliche Ankläger wandte sich seinem Sekretär Carolus Thalberg zu. »Wir werden sie hoffentlich bald gebrauchen können.«

»Ihr habt einen Räuber gefangen?« erkundigte sich der Bürgermeister.

»Noch nicht.«

»Und um wen handelt es sich, wenn man fragen darf?«

»Um den Schwarzen Malocher und seine Bande.«

»Den Schwarzen Malocher? Mein Gott – den hat noch keiner geschafft!«

Eduard Klotz bestieg das Blutgerüst und näherte sich langsam dem riesigen Ungetüm. Die Holzbohlen knarrten. »Da sind ja noch Blutflecken!«

»Wird abgehobelt«, versicherte der Bürgermeister. »Aber sonst ist sie wie neu. Ihre Räuber werden sich bestimmt nicht beschweren!«

Einige Schneeflocken tanzten tauend durch den düsteren Aprilhimmel.
»Fast zwei Mann hoch«, murmelte Sekretär Thalberg, der eine derartige Hinrichtungsmaschine zum ersten Mal aus der Nähe sah. »Das hat sicher einen gewaltigen Schlag getan.«
Mit leichtem Schaudern faßte er sich an den Hals.
Der Bürgermeister strahlte. »Gefetzt hat es. Das hat man sogar draußen auf den Feldern gehört. Glauben Sie mir, uns allen blieb in dem Augenblick das Herz stehen. Es war totenstill, wirklich! Erst als der Blutrichter den Kopf des Zunderwolfram in die Höhe hob, da löste sich unsere Spannung, und alles schrie und jubelte – vor Freude!«
»Hier also muß der Kopf rein?« Der Sekretär blickte bänglich auf den halsförmigen Halbkreis.
»Genau. Ein wesentlicher Fortschritt.«
Klotz zog eine Schnupftabakdose aus seinem Mantel und legte sich eine Prise zurecht. Die dunkle Schneeregenwolke hatte sich schnell verzogen, und die roten Ziegel des Bäckerzunfthauses schimmerten bereits in den ersten Sonnenstrahlen des feuchtkalten Morgens.
»Der Halskragen garantiert den exakten Schnitt – im Gegensatz zu früher, als der Henker oft bis zu viermal sein Schwert heben mußte, ehe das Haupt vom Rumpf...«
Klotz drückte den Zeigefinger gegen das linke Nasenloch und zog mit dem rechten den Tabak hoch.
»Ahem, ah – ah! Aber – wie gesagt, derartig barbarische Methoden gibt es heutzutage nur noch in den altdeutschen Kleckerstaaten. Aber nicht mehr lange, hoffentlich!«
»Ja, ja, der Fortschritt! Die Guillotine hat noch manches gute Werk zu tun! Sie ist das Symbol des neuen Zeitalters. Darf ich mal eine kleine Kostprobe für den jungen Herrn Sekretär...«
Klotz nickte ungeduldig, während der Bürgermeister das Seil vom

Haken löste und mit großer Anstrengung das schwere Fallbeilmesser in die Höhe zog.
»Dieses wäre dann der Augenblick«, schnaufte er, »in dem die Gehilfen des Scharfrichters den Delinquenten auf das Todesbrett binden, ihn mit dem Kopf zuvörderst unter das drohende Messer schieben und in das Halsbrett legen, der Kopf also sehr praktisch direkt über dem Korb... Nicht wahr, bäuchlings liegt der Übeltäter da, während der feierlichen Stille... Dann, sehen Sie, Bürger Thalberg, muß ich, um das Messer des Fallbeils auszuklinken, hier ziehen und jetzt!«
Ein Klicken im Gerüst der Guillotine, und im selben Augenblick schlug der Stahl dumpf krachend in das splitternde Holz. Erschreckt flatterten die Hühner im Hof vor der Zehntscheuer von dem dampfenden Misthaufen. Im Fenster des Wirtshauses »Zum goldenen Pfau« erschien die kropfhalsige Sophie und blickte böse auf den Marktplatz herunter. Der Bürgermeister jedoch konnte sie mit erhobener Hand beschwichtigen: »Nur eine wissenschaftliche Demonstration, Jungfer Sophie, für unsere hohen Gäste!«

Ich erinnere mich noch sehr genau, daß wir von der Stadtmauer aus der Sonne zu an die drei Stunden zu gehen hatten, daß wir einen langen Hohlweg, später eine blühende Apfelbaumallee, dann gut eine Stunde eine öde Hochebene und schließlich einen finsteren Tannenwald zu durchqueren hatten, bis ich zum ersten Mal die Komptoirs meines künftigen Herrn erblickte. Wenn Sie meiner Beschreibung folgen, werden Sie das Wirtshaus ein wenig abseits der Straße an einem kleinen Mühlbach finden – ich weiß es ganz gewiß. Es ist freilich nicht im allerbesten Zustand. Trotzdem sagte mir der Scherenschleifer mit freundlichem Augenzwinkern bei der Ankunft: »Von nun an, Generälchen, wirst du nur noch in den vornehmsten Hotels logieren!«

Wir betraten das Anwesen, und vor dem Haus erblickte ich mehrere Männer, Frauen und Kinder in traulichem Beisammensein – wie eine große Familie. Die untergehende Sonne hatte ihre Wangen gerötet, sie spielten Karten, tranken vom Wein – und einer rasierte sich. Der vornehmste unter ihnen, mein Herr, der Kaufmann, erhob sich, sobald er uns erblickte, schritt mit freundlichem Lächeln auf uns zu, streckte dem alten Scherenschleifer die Arme entgegen, nannte ihn Moses Jacob und umarmte ihn heftig.
Ich will nicht verschweigen, daß ich das herzliche Auftreten, aber auch die Lebensart und die kostbare Kleidung des Kaufmanns voll Gefallen sah. Er trug einen grünen Rock nach der neuesten Mode, einen bunten Federhut und weiße Handschuhe, mit denen es freilich eine besondere Bewandtnis hatte. Doch davon später.
»Komm, Generälchen, dies ist der Kaufmann, von dem ich dir erzählt habe.« Moses Jacob, der Scherenschleifer, winkte mich an den Gästetisch. Mit klopfendem Herzen nahm ich gegenüber dem vornehmen Herrn Platz, der mich beständig musterte. Ein schönes Mädchen mit langen schwarzen Haaren reichte mir einen Becher Wein, von dem ich hastig einige Schlucke zu mir nahm. Dann schob mir der Kaufmann ein hölzernes Brett mit kaltem Fleisch zu und forderte mich auf zu essen. Ich aß wohl zu hastig, denn plötzlich begann der Kaufmann zu prusten und zu lachen, und auch die anderen lachten mit.
»Iß nur, iß!« lächelte das Mädchen und legte mir sanft seine Hand auf die Schulter, während die anderen näher rückten und mich neugierig umringten.
»Ein Deserteur«, bemerkte der blonde Lockenkopf, der seine Rasur unterbrochen hatte. »Darauf steht der Tod!« Dann wischte er an der Tischkante die Rasierseife vom Messer. Von da an wußte ich, daß ich mit diesem kaltschnäuzigen Gesellen, den alle mit »Studentchen« anredeten, weil er zumeist eine Studentenmütze

trug und in seiner Kindheit zu Paderborn die Lateinschule besucht hatte, niemals Freundschaftsbande knüpfen würde.
»Vor allem braucht er neue Kleider«, fuhr Moses versöhnlich fort, »einen Paß und Arbeit.« Dabei wandte er seinen Blick dem Kaufmann zu, der sich gerade eine Zigarre angezündet hatte.
»Ich helfe ihm, keine Sorge!« Der Kaufmann erhob seinen Becher und prostete mir wohlwollend zu. Dankbar und mit dem gebührenden Respekt erwiderte ich seinen Gruß.
»Du bist also bereit, in meine Dienste zu treten?« forschte der Kaufmann, der sich – wie ich bald darauf erfahren sollte – Pindray nannte und von Bordeaux gebürtig sein wollte. Ich nickte.
»Willst Handel mit mir treiben?«
Wieder nickte ich.
»Willst handeln, fetzen und malochen?«
»Malochen?« Ich wußte nicht recht, was mit diesem Wort gemeint war, und blickte hilfesuchend zum Scherenschleifer. Der zeigte ein verschmitztes Lächeln in seinem lederhäutigen alten Faltengesicht.
»Der Herr Pindray meint, ob du arbeitswillig bist. Ob du sein Leibdiener werden möchtest.«
Das freilich wollte ich von Herzen, und da nun alle mir zulächelten und zunickten, fiel mir der Entschluß nicht schwer. Ich legte meine Hand in die des Kaufmanns.
»Na also, bestens!« schmunzelte er und winkte das liebreizende Mädchen zu sich heran. »Rebecca, such ein paar Kleider für unseren neuen Kompagnon. Wams, Hose und Hut – das dürfte nicht schwerfallen in der Größe, auch wenn das Bürschchen noch ein wenig schmächtig und mager ist.«
Das Mädchen musterte mich, um Maß zu nehmen, und als sich unsere Blicke begegneten, entdeckte ich einen merkwürdigen Glanz in ihren Augen. Doch wandte sie sich rasch ab und verschwand im Haus, um nach den Kleidern zu suchen.

»Und dann, Generälchen, kannst du schon bald deine Gesellenprüfung ablegen: Ob du fürs Geschäftemachen etwas taugst, ob aus dir ein guter Malocher wird…«
Wieder ertönte ein schallendes Gelächter unter den Herren am Tisch. Aber ich dachte nichts Böses dabei. Der Wein hatte auch mir warm gemacht, die blendenden Aussichten auf eine rasche Karriere im Kaufmannsgewerbe und die lieblichen Blicke aus den Augen des schönen Mädchens hatten ihr verhängnisvolles Werk getan.
Schon früh am Morgen schickte mich mein neuer Herr mit einem kleinen Leiterwagen gen Wassertrudingen auf den Markt, wo ich ihm Stricke, Schwefelfaden und Wachsstöcke kaufen mußte. Die Stricke, erklärte er mir, sollten dazu dienen, seine Waren zu verpacken. Ich tat, wie mir mein Herr geheißen.
Als ich von diesen Besorgungen in das wirtliche Haus zurückkehrte, fand ich meinen Herrn beim Murmelspiel mit einem kleinen Kind, das der hohlwangigen Frau gehörte, die stets in seiner Nähe war. Er ging sogleich auf mich zu.
»Recht so, Ullmännchen, recht so!«
»Ich hab's ja gesagt«, schmunzelte der Scherenschleifer, der sich eine Pfeife angesteckt hatte. »Er ist redlich und treu, unser kleiner General!«
»Redlich und treu – das kann man brauchen!« Mein neuer Herr beugte sich zum Handwagen hinunter, prüfte die Stricke und Wachsstöcke. Dann sah er mir ernst in die Augen.
»Morgen machen wir unsere erste Geschäftsreise! Da darfst du mit! Wir erwarten wertvolle Lieferungen aus dem Fürstentum Solms-Eggenstein!«

»Glauben Sie mir, Bürger Thalberg, wenn die deutschen Behörden ein Polizeisystem nach Pariser Muster hätten, wäre bald schon Schluß mit den Räuberbanden.« Der Öffentliche Ankläger schob seinem Distelfinken ein Schälchen mit Hanfkörnern in den Vogelkäfig. »Wir sollten von unseren französischen Brüdern lernen. Die Revolution hat uns so manchen Fortschritt gebracht!«
»Sicher«, antwortete der Assistent hinter seinem Stehpult. »Jedenfalls auf dem Papier: Freiheit, Gleichheit, Brüderlichkeit – die Menschenrechte... Aber...« Carolus Thalberg schüttelte den Kopf. »Damit wischt sich doch ein deutsches Fürstchen bestenfalls den allerdurchlauchtigsten Allerwertesten ab!«
»Nicht mehr lange!« Der Öffentliche Ankläger ging zu seinem Schreibtisch, nahm eine Karaffe mit Wasser, goß behutsam einige Tröpfchen in ein weißes Porzellanschälchen. »Die Zeit ist nicht fern, da werden auch die Landsleute vom anderen Rheinufer sämtliche hochwohlgeborenen Könige, Grafen, Großherzöge und Herrschaften alleruntertänigst zum Teufel jagen.«
Eduard Klotz schob das Wasserschälchen in den Vogelkäfig und verschloß ihn. »Doch genug jetzt von den großen Räubern. Wenden wir uns den kleinen zu, die wir möglichst bald noch unters Fallbeil bringen wollen!«
Carolus Thalberg legte den Federkiel beiseite und trat zur Landkarte. Sein Zeigefinger wies auf eines der zahllosen bunten deutschen Landfleckchen jenseits der Rheingrenze.
»Hier, nahezu unerreichbar für uns, gibt es Spuren, die eindeutig auf einen unserer Freunde hinweisen. Einbruchsdiebstähle, Kirchenplünderungen, die seine Handschrift tragen. Die deutschen Behörden schicken Beschreibungen und Signalements – natürlich wie meistens mit gehöriger Verspätung! Aber immerhin: die Rede ist von einem großspurig auftretenden Herrn, der sich als ein Kaufmann Pindray von Bordeaux ausgibt und weiße Handschuhe trägt.«

Eduard Klotz war ans Fenster getreten und sah in den Garten hinab. »Ohne Zweifel – der Schwarze Malocher!«

»Und was sollen wir machen?« Thalberg blickte erwartungsvoll auf seinen Chef. »Drüben ist er so gut wie sicher.«

»Dann wird eben an die deutschen Behörden ein Brief geschrieben«, entgegnete der Öffentliche Ankläger mit finsterer Miene, »und um Amtshilfe gebeten. Wir beantragen Auslieferung ins Departement Neuenburg. Fügen Sie die Steckbriefe des Malochers und seiner Raubgenossen bei! Studentchen, Bayerbub, hakennasiger Johann und wie sie alle heißen mögen... Dazu eine Aufstellung aller Greueltaten, die bislang in Frankreich und in unseren Departements auf das Konto der Bande gehen.«

Verärgert war Klotz einige Schritte durch die holzgetäfelte Amtsstube gegangen. Die Dielen knarrten bei jedem seiner Schritte.

»Und wenn Sie das alles haben, schicken Sie den Brief nach Deutschland rüber an die Regierung!«

»Nach Deutschland...« Thalberg seufzte. »Und an welche Regierung, bitte? Es gibt deren mehr als dreihundert.«

»Eben! Deshalb haben Sie ja auch die schöne Aufgabe, unser Briefchen in dreihundertfacher Abschrift zu versenden! Was ist, Thalberg, was haben Sie?«

Fassungslos starrte der Sekretär auf seinen Chef.

»Drei-hundert-mal?« stotterte er.

»Dreihundertmal – richtig!«

»Abschreiben?«

»Abschreiben lassen!« erwiderte Klotz belustigt. »Trommeln Sie sämtliche Schreiber und Sekretäre zusammen. Das wird eine außerordentliche Aktion – die Tage des Schwarzen Malochers sind gezählt.«

Der Schwarze Malocher

»Und nun ruft uns die traurige Pflicht des Geschichtsschreibers zu einer Kette von Überfällen besonderer Art, voller schwarzer, im Verborgenen begangener Verbrechen; denn der Malocher und seine Bande, eine Schar finsterer Höllenbrüder, überzogen die linksrheinischen Departements mit Raub und Verderben. Und obgleich Polizei und Militär das Menschenmöglichste versuchten, dieser Bande habhaft zu werden, so vergingen doch in jenem schrecklichen Jahre nur wenige Nächte, ohne daß nicht auf diesem oder jenem Landgut, bei diesem oder jenem Reichen eingebrochen und auf das grausamste geraubt und geplündert wurde. Und mancher, der am Abend noch als glücklich, als bemittelt zu Bett gegangen war, fand sich, ehe die Morgensonne anbrach, auf immer ruiniert, als hilfloser Bettler.«

Aktenmäßiger Bericht des Öffentlichen Anklägers
Eduard Klotz, Mayence 1804

Bericht des von den Wittgensteiner Husaren entflohenen Soldaten Claus Ullmann:
Zusammen mit meinem Herrn, dem Kaufmann Pindray, und jenem eiskalten Blondschopf, der »Studentchen« gerufen wurde, marschierte ich am nächsten Tag in Richtung Klein-Erdlingen. Etwa eine Viertelstunde vor den Mauern von Butenrode ließ uns mein Herr plötzlich kurz vor einem kleinen Wald an einer Steigung haltmachen und führte uns zur Rast hinter die Hecken am Rand der Straße. Dort stellte ich meinen Handwagen ab, wir setzten uns auf einige Findlingssteine, und mein Herr schnitt uns mit seinem scharfen Messer einige Scheiben von einer langen Wurst. Auch hatten wir Brot dabei und guten Wein. Als sich das Studentchen kurz entfernte, sprach mich mein Herr an mit den Worten: »Du bist ein armer Kerl, stimmt's?«

Ich nickte, und der Kaufmann fuhr mit vollem Mund fort: »Der Krieg macht alle krank, wurzellos – und arm. Du kannst froh sein, daß du mich getroffen hast. Bei mir kriegst du noch einmal eine Chance. Vielleicht die letzte deines Lebens!« Er sagte das mit freundlichem Ernst und blickte mir ganz offen in die Augen, so daß ich sehr deutlich sein Wohlwollen verspürte.

Als nach einer Weile das Studentchen noch immer nicht zurück war, schaute ich mich um und entdeckte ihn schließlich dort, wo die Straße in ein Laubwäldchen abbiegt. Hier stand er wie ein Feldherr mit einem langen Perspektivrohr auf einem Felshügel und beobachtete die Straße, die wir gekommen waren. Da ich nicht wußte, was solches bedeuten sollte, blickte ich zu meinem Herrn, der mein Erstaunen bereits bemerkt hatte.

»Wir erwarten unsere Lieferungen!«

»Hier?« verwunderte ich mich.

Der Kaufmann nickte. »Ich habe einige Komptoirdiener an der Hand, die mir gewöhnlich an diesem Ort ihre Waren überlassen. Frank und frei. Es gibt zu viele Zollschranken in den deutschen

Landen, alle Regierungen wollen Steuern kassieren, so daß am Ende für unsereinen nichts mehr herauskommt. Deshalb treiben wir den Handel auf moderne Art. Auf freier Strecke sind die Waren wohlfeiler als in der Stadt. Die großen Handelshäuser nehmen gewaltige Aufschläge.«

Mit diesen Worten suchte er mich zu beruhigen. Allein ich vermochte ihm nicht recht zu glauben und war sehr verwirrt. Da aber ertönte ein Pfiff, das Studentchen sprang von seinem Felsen und rannte den Abhang hinunter, wo wir hinter der Hecke saßen. »Pünktlich wie die Post!« strahlte er atemlos und klappte sein Fernrohr zusammen.

»Soldaten dabei?« fragte mein Herr.

Das Studentchen hob grinsend einen Daumen.

Der Kaufmann erwiderte, während er das Messer, mit dem er zuvor die Wurst geschnitten hatte, im Gras abwischte: »Ein Soldat – das bedeutet volle Fracht! Wo sitzt er?«

»Auf dem Bock. Direkt neben dem Kutscher.«

»Bestens!« strahlte mein Herr.

Jetzt freilich wurde mir die ganze Sache verdächtig. Aber mein Herr faßte mich beruhigend am Arm und zog mich zu Boden. Sehr deutlich konnte man jetzt schon das Stampfen und Schnauben der Pferde, das Ächzen und Quietschen der Wagenräder und die Peitschenhiebe des Kutschers hören, der unablässig auf seine vier Pferde einschlug und sie mit beständigem »Hüaah! Hüaah!« anspornte, die vor ihnen liegende Steigung mit schnellem Schwung zu überrollen. Ich blickte mich wieder um und sah, daß mein Herr seinen Mantel abgelegt hatte. Das Studentchen aber nahm den kurzen Stock, den es die ganze Zeit schon bei sich getragen hatte, drehte ihn spielerisch zwischen den Händen, und wie durch einen geheimnisvollen Spuk klappte plötzlich ein gefährliches Messer hervor. Seine Augen blitzten mir dabei wild und gefährlich entgegen.

Das Krachen und Poltern der Kutsche wurde nun immer lauter, kam auf uns zu – und ich glaube, daß mir in diesem Augenblick, da ich das Schlimmste ahnen mußte, der Angstschweiß ausbrach. Noch einmal suchte mich mein Herr über sein eigentliches Vorhaben zu täuschen: »Keine Bange, Ullmännchen! Alles nur Spaß! Ein Scherz, um unsere Geschäftsfreunde zu überraschen.«
Mit diesen Worten steckte er sein Messer zwischen die Zähne und schob die Zweige des Gesträuchs beiseite, um die herannahende Kutsche besser beobachten zu können. Jetzt hörte ich, wie Kutscher und Pferde immer mehr mit der Steigung, an der wir lauerten, zu kämpfen hatten und wie sich ihre Fahrt verlangsamte.
Da sich das Verhängnis so unvermeidlich unserem Versteck näherte und ich den ahnungslosen Kutscher Pferd und Wagen immer heftiger in das Unglück hineinpeitschen hörte, packte mich ein großes Erschrecken, und ich sprang auf, um Reißaus zu nehmen. Doch mit einem gewaltigen Satz war das Studentchen bei mir, zwang mich trotz meiner Gegenwehr mit eisernem Griff zu Boden, so daß wir gemeinsam in den Straßengraben rollten. Ich hoffte, der Kutscher oder wenigstens der Soldat würden uns sehen, wollte rufen und schreien, doch das Studentchen hielt mir sein blitzendes Messer an die Gurgel und zischte: »Keinen Mucks, Kerl, oder du bist des Todes!«
In diesem Augenblick rollten die riesigen Räder der Kutsche mit gewaltigem Getöse in Augenhöhe dicht an uns vorüber. Erneut nahm mein Herr sein Messer, um beide Hände frei zu haben, zwischen die Zähne, duckte sich, sprang dann auf den Weg und lief mit der Kutsche mit. Mit einem Satz flog er plötzlich auf die hintere Ladefläche zu, krallte sich mit der rechten Hand ins Gestänge, ließ sich mitschleifen, bis es ihm gelang, die Beine anzuziehen. Im Hängen schon nahm er mit der zweiten Hand das Messer aus dem Mund, schnitt trotz rüttelnder Fahrt an den Rie-

men und Schnüren des Gepäcks, steckte zwischendrin das Messer immer wieder zwischen die Zähne, zerrte und zog an den Koffern und Paketen, löste sie und ließ sie auf den Weg fallen. So glitt Stück um Stück von der fahrenden Postkutsche herunter, ohne daß der Soldat und der Postillion auf dem Bock merken konnten, was hinter ihrem Rücken geschah.

Bevor die Kutsche endgültig auf der Kuppe des Weges unserem Blick entschwand, ließ sich mein Herr mitsamt einem riesigen Koffer, den er vom Dach der Kutsche geschnitten, mit einem gedrehten Sprung, wie ihn mancherorts die Seiltänzer zeigen, herabfallen und in die Böschung rollen. Dabei schrammte er sich den Arm blutig und zerriß das Hosenbein. Das Studentchen aber war ihm hinterhergeeilt, sammelte die Pakete, Kästen und Säcke ein und lud sie mir, der ich vor Erstaunen, Angst und Schrecken noch immer starr war, auf den Handwagen. Dies alles hatte nur wenig über eine Minute gedauert.

Auf dem Heimweg mußte ich – während mein Herr und sein rabiater Kompagnon unanständige französische Chansons grölten – den Leiterwagen ziehen und war tief betrübt über all das Unrecht, in das man mich gezogen hatte. Mein Herr wollte mich aufmuntern und versprach, daß ich auf immer glücklich werden sollte, wenn ich schweigen könnte. Wenn ich allerdings ein wittischer Petzer, das bedeutet: ein dummer Verräter, wäre, so wolle er mir eigenhändig die Kehle durchschneiden.

»Der Postkutschenraub von Butenrode«, so heißt es in den aktenmäßigen Berichten des Öffentlichen Anklägers, *»erregte die Gemüter rechts und links des Rheins in gleichem Maße. Die Hochwohllöbliche Fürstliche Thurn- und Taxissche Generalpostdirektion zu Frankfurt setzte eine gar stattliche Belohnung für die Ergreifung der Täter aus, obgleich die Strafverfolgung, da sich der*

Überfall auf preußischem Boden ereignet hatte, Sache der dort zuständigen Behörden war.
Den Dieben waren in Summa 4300 Reichstaler in die Hände gefallen, wobei es sich in der Hauptsache um eine Geldlieferung des Fürsten von Solms-Eggenstein handelte, Spielschulden, die der Fürst dem Herzog von Weimar zu erstatten hatte. Da auch dieser Überfall die Handschrift des berüchtigten Schwarzen Malochers trug, sah sich der Öffentliche Ankläger Eduard Klotz genötigt, zusammen mit seinem Sekretär, dem Bürger Carolus Thalberg, eine Reise in die Gebiete jenseits der Rheingrenze zu unternehmen, um den preußischen Behörden, welche die Untersuchung des Falles übernommen hatten, mit seinem Rat ebenso wie mit seinen umfangreichen Erfahrungen und Kenntnissen hilfreich zur Seite zu stehen. Allein, das moderne kriminaltechnische Wissen schien in diesem rückständigen Königreich nur wenig gefragt zu sein.«

Als Klotz und Thalberg, nachdem sie noch in der Nacht mit dem Fährschiff den Rhein passiert hatten und mit wechselnden Pferden die Nacht wie auch den Tag hindurch geritten waren, nun endlich gegen Abend die Poststation hinter Butenrode erreichten, erwartete sie ein Schauspiel besonderer Art. Schon beim Anritt durch das Dorf wiesen ihnen Peitschenhiebe und gar jämmerliche Schreie den Weg zu Major von Brüsewalk, einem bärbeißigen alten Haudegen, der von den preußischen Behörden mit den Ermittlungen beauftragt war. Die Begrüßung war alles andere als herzlich.
»Auf französische Unterstützung verzichten wir!« schimpfte der schnauzbärtige Perückenzopf. »Wir scheißen drauf! Ich meinerseits bin Ihnen allerdings sehr gern behilflich.« Mit einer herablassenden Geste lud Major von Brüsewalk seine ungebetenen Gäste in den Hof der alten Posthalterei.
Vor den Stallungen erblickten sie jene Postkutsche, welcher, wie

die zerschnittenen Riemen und Ladeschnüre zeigten, der räuberische Überfall gegolten hatte. Vor den großen Wagenrädern aber knieten, an den Händen festgekettet, der Postillion und der Begleitsoldat mit entblößten Oberkörpern. Zwei Grenadiere standen mit aufgepflanzten Bajonetten neben ihnen Wache, während zwei weitere Soldaten abwechselnd mit Stockruten und kurzen Lederriemen im Gleichtakt auf die Rücken ihrer bedauernswerten Opfer einschlugen. Unbeeindruckt von dem jämmerlichen Schreien und Stöhnen stolzierten die Hühner körnerpickend über den Hof.

»Nein – nein – nein – ich weiß nichts. Nein – nein – wirklich – nein. Jesus – Maria – Nein! Nein!« stöhnten die Gemarterten zu den Rutenschlägen.

Klotz und Thalberg, abgestoßen von der barbarischen Tortur, konnten und mochten ihren Abscheu nicht verbergen. Als Brüsewalk ihr Entsetzen bemerkte, schmunzelte er und gab seinen Grenadieren ein Handzeichen, worauf diese ihr monotones Geprügel kurz unterbrachen. Spöttisch blickte er auf Thalberg, der einen hölzernen Karteikasten mit Signalements und Steckbriefen aus seiner Reisetasche hervorholte.

»Nein, meine Herren, von Ihren neumodischen Karteikarten und Signalements halte ich nicht viel. Wir untersuchen den Fall lieber nach guter alter Preußenart.«

Erneut hob er die Hand, und die Soldaten setzten die Auspeitschung fort. Klotz bemerkte die blutigen Hautfetzen und Striemen auf dem Rücken des Postillions, der halb ohnmächtig mit jedem Streich gegen das Wagenrad taumelte.

»Und zu welchem Resultat sollen derartige Methoden bitte führen?« fragte er. Von Brüsewalk ließ sich nicht aus der Ruhe bringen.

»Zunächst geht es uns ganz schlicht und einfach darum, abzuklären, ob der Kutscher oder gegebenenfalls der Wachsoldat den

Überfall gegebenenfalls nur vorgetäuscht, beziehungsweise mit den Räubern unter einer Decke...«
»Und wie lange wollen Sie noch prügeln?« fragte Thalberg ungeduldig.
»Bis die beiden ihr unverschämtes Leugnen aufgeben!« erwiderte der Major.
»Bis wir ein Geständnis haben, gegebenenfalls.«
»Und Sie einen Orden kriegen, gegebenenfalls?« Eduard Klotz war nahe daran, seine Beherrschung zu verlieren.
»Gegebenenfalls – ja.«
»Und wenn nichts dabei herauskommt, gegebenenfalls?« Der Major ließ sich Zeit mit der Antwort, nestelte an seinem Degen herum, hob dann den Kopf und blickte gleichgültig an dem empörten Blick seines Gastes vorbei. »Werde ich die Prozedur wiederholen lassen, ganz einfach! Wozu lassen wir schließlich unsere Geldtransporte von Soldaten überwachen!«
Klotz und Thalberg folgten dem Major zu einem Tisch in der Mitte des Hofes, an dem ein Schreiber saß, einzig damit beschäftigt, das unablässige »Nein – nein – nein – ich weiß nichts!« der Gemarterten fein säuberlich mit der Feder ins Papier zu kratzen.
Nachdem Klotz und Thalberg Einsicht in die Papiere des Schreibers genommen und eine summarische Aufstellung über die bei dem Kutschenraub entwendeten Münzsorten erhalten hatten, beeilten sich beide, den unwirtlichen Ort so rasch wie möglich zu verlassen.
»Was müßt ihr Franzosen euch nur immer bei uns einmischen!« tadelte der Major beim Abschied.
»Franzosen?« brauste Klotz, in seiner republikanischen Ehre getroffen, auf. »Wir sind genauso gute Deutsche wie ihr. Nur daß wir euch die Bürgerrechte voraushaben!«
»Bürgerrechte, Bürgerrechte – einen Schnickschnack habt ihr! Sklaven seid ihr!«

»Wir sind freie Bürger!« warf Thalberg ein, und der Öffentliche Ankläger setzte mit stolzem Eifer hinzu: »Freie Bürger, jawohl! Und nicht die leibeigenen Untertanen von dreihundert hochwohllöblichen Würstchen! Pardon – Fürstchen wollt ich sagen! Nicht: Würstchen!«

Das Gesicht des Majors war rot angelaufen. Sprachlos und außer sich vor Wut zog er seinen Degen und richtete ihn drohend gegen seine Besucher.

»Fort! Fort!« schnaubte er endlich und zog seine Waffe wütend durch die Luft. »Fort mit Euch, Monsieur le Commissaire, fort, daß Ihr ja schnell wieder Euren parfümierten Besatzern in den Hintern kriechen könnt!«

Erschrocken waren Klotz und Thalberg vor der Attacke des zornentbrannten Majors zurückgewichen. Jetzt, da sie sahen, daß weder Worte noch guter Wille etwas ausrichten konnten, eilten sie unter dem schallenden Gelächter des Majors und seiner Männer aus dem Hoftor zu ihren Pferden. Wenig später schon sah man beide in rasendem Galopp in Richtung Westen aus dem Dorf reiten, während das Stöhnen und Schreien der unschuldig Geprügelten unvermindert fortdauerte.

»Wir kommen«, heißt es in dem aktenmäßigen Bericht des Öffentlichen Anklägers, *»nicht umhin festzustellen, daß uns die ebenso unmenschlichen wie sinnlosen Verhörmethoden des alten Barbaren mit unbeschreiblichem Abscheu erfüllten. Welchen Wert, so fragten wir uns, mochten etwaige unter dem Druck der Folter erquälten Geständnisse für einen untersuchenden Kriminalrichter überhaupt haben? Gar zu oft schon hatte sich erwiesen, daß eine mit Daumenschrauben erpreßte oder mit Stockprügeln erzwungene Aussage einem Unschuldigen zum Verhängnis wurde, während sich der wahre Bösewicht frei und vor Verfolgung sicher im*

Land umherbewegen konnte, nur weil ein törichter Offizier oder ein ehrgeiziger Dorfrichter mit Erfolg seinen Fall zu beschließen bestrebt war!«

Bericht des von den Wittgensteiner Husaren entflohenen Soldaten Claus Ullmann: Vor der Beiz, wie das Haus, in dem wir logierten, genannt wurde, erwarteten uns die Wirtsleute sowie die Frau oder Geliebte des »Kaufmanns« mit ihrem Kind. Groß war der Jubel, als sie den reichbeladenen Leiterwagen entdeckten. Auch die anderen Freunde und Kompagnons meines Herrn eilten herbei, um die mitgebrachten Schätze zu betrachten und zu begutachten. Da waren Kassetten mit Ringen, Armreifen und Ketten, Gold- und Silberstücke, seidene Tücher, Löffel, ein Schmuckdöschen, aber auch mancher Schnickschnack und das gemalte Porträt eines engelhaft schönen Frauenzimmers.

Dies alles wurde auf dem langen Tisch unter dem Kastanienbaum ausgelegt. Moses Jacob kam mit einer kleinen Goldwaage aus dem Haus, und nun ging es an die Teilung der übermäßig großen Beute.

Noch nie hatte ich solche Schätze, noch nie so viele Münzsorten auf einmal gesehen. Mein Herr aber kannte sich gut aus in den Währungen der deutschen und fremden Länder und sortierte mit Geduld und äußerster Sorgfalt die Kaiserlichen Golddukaten, die Brabanter Kronen, die Franken, Karolinen, Reichstaler, Kölner Gulden und Louisdors in verschiedene Haufen. Das Zählen und Auswiegen kostete viel Zeit, doch nur so ließ sich der Wert der Geldstücke bestimmen.

Mein Herr und das Studentchen erhielten jeder drei Anteile, der Scherenschleifer Moses Jacob und einer, den sie den Bayerbub nannten, bekamen zwei, die Frauen, die Kinder und die Wirtsleute aber jeder nur einen Anteil.

Mir schließlich überreichte mein Herr das Bildnis des schönen Frauenzimmers. »Hier, Ullmännchen, etwas zum Träumen! Dein Geld allerdings, das du dir redlich verdient hast«, und damit wies er auf einen mit Goldstücken prallgefüllten Beutel, »deinen Lohn will ich treulich aufbewahren. Du wirst ihn am Ende deiner Dienstzeit ungeschmälert erhalten, so wie wir es abgesprochen haben – aber nur, wenn du uns in Zukunft keine Fisimatenten mehr machst, wenn du brav und kochem wirst und mir die schuldige Treue erweist! Bedenke dir's gut!« Mit diesen Worten schnürte er den Beutel zu.

»Dies Säcklein kann der Grundstock zu deinem Glück sein. Du wirst noch ein besitzender Mensch, ein Stolz der Eltern und die Sehnsucht aller Frauen!«

Der Tag endete mit einem großen Fest. Mein Herr und die Schar seiner Bediensteten, die sich mittlerweile um zwei finstere Gesellen erweitert hatte, gedachten der großen – wie sie es nannten – geschäftlichen Erfolge und planten neue Unternehmungen. Auch ich wurde genötigt mitzufeiern, denn es gab reichlich zu trinken, und Aaron, unser Wirt, hatte uns zu Ehren seinen besten Hammel geschlachtet und am Spieß geröstet. Schon lange hatte ich nicht mehr so gut und reichlich gegessen.

Dennoch hatte ich mich von der Gesellschaft abgesondert und blieb auf den Treppenstufen vor dem Hauseingang sitzen, während sich mein Herr mit den anderen um das Feuer gelagert hatte, wo sie dem Klang einer Hirtenflöte lauschten, dazu aber aßen, tranken, sprachen und lachten. Dieser friedvolle Anblick, die Heiterkeit der Menschen, die mir so fremd waren, und dagegen die vertrauten Flötenmelodien, die mich an meine Kindheit und Heimat erinnerten – dies alles versetzte mein Herz in eine eigentümliche Traurigkeit.

Rebecca jedoch, jenes Mädchen, das als Zofe oder auch als Kammerfräulein meines Herrn bezeichnet wurde, setzte sich aus freien

Stücken zu mir auf die ausgetretenen Steinstufen und überreichte mir eine geröstete Kartoffel, die sie auf einen Stock gespießt hatte.
»Ullmännchen, was hast du?« fragte sie, nahm einen Schluck Wein von meinem Becher und sah mir verschmitzt in die Augen. »Gefällt es dir nicht bei uns? War es denn schöner bei deinem Wittgensteiner Husarenregiment? Möchtest du dahin zurück?«
Da freilich mußte ich den Kopf schütteln. »Das nicht, nein. Auf keinen Fall!«
»Na, siehst du! Und nun gib mir mal deine Hand! Vielleicht machst du dein Glück bei uns...«
Sie nahm meine Hand nach Art der wahrsagenden Zigeunerinnen in die ihre, um aus den Faltenlinien das mir vorherbestimmte Schicksal herauszulesen. Sie murmelte eine Weile von Marsebenen, von einer Herzlinie und Saturnringen sowie einem Venusberg und blickte mich zwischendrin so nachdenklich und ernsthaft an, daß mir ganz eigenartig zumute wurde.
»Oh, Ullmännchen... Himmlisch!« hauchte sie schließlich und rückte so nah an mich heran, daß mir warm und wärmer wurde. »Vielleicht kann sogar noch etwas werden aus uns!« Sie legte einen Arm um meine Schulter und reichte mir den Becher zurück. »Hier, trink! Du und ich – das wäre doch was? Oder?«
»Meinst du?« stammelte ich feuerrot, denn ich mochte es kaum fassen. Sie aber strich mir die Haarsträhne, die vor meine Augen gefallen war, aus der Stirn, nahm dann zärtlich meinen Kopf in ihre beiden Hände und drückte mir langsam ihre weichen Lippen auf den Mund, daß mir vor Schreck die Luft ausging. »Sicher«, lächelte sie, nachdem sie mich wieder losgelassen hatte, und ihre schwarzen Augen strahlten. »Mögen könnt ich dich schon, Ullmännchen, das ist gewiß!«
»Schluß! Aus! Nix da!« Mein Herr, der Kaufmann, stand plötzlich

vor uns, griff Rebecca unsanft am Handgelenk, riß sie zu sich hoch und sah ihr zornig in die Augen.
»Der Kleine hat morgen noch einen schweren Tag! Er muß sich bewähren! Ein Kochemer werden!« schimpfte er. »Weißt du, was das heißt, Ullmännchen? Treue und Sauberkeit – das ist kochem! Bedingungsloses Vertrauen! Und wenn du das nicht lernst, Bürschchen, dann – dann schick ich dich zu deinen Husaren zurück, und was die mit dir machen, das ist dir hoffentlich klar!«
Während er so redete – oder: vom Weine betrunken lallte –, hatte er mich am Mantel gepackt und fuchtelte mit seiner Pistole vor meinem Bauch herum, daß mir ganz angst und bange wurde. Er stand dabei recht unsicher auf den Beinen, wankte hin und her, und als ich ihn zu stützen versuchte, löste sich plötzlich ein Schuß.
Sofort war alles totenstill ringsum.
»Standrechtliche Erschießung!« brüllte mein Herr, nachdem er sich von seinem Schrecken erholt und festgestellt hatte, daß seine Kugel ins Leere gegangen war. »Standrechtliche Erschießung oder Sibirien! Bei uns dagegen kannst du reich werden, so reich, daß du eines Tages vielleicht sogar den Hof deiner Eltern zurückkaufen kannst. Überleg dir das gründlich, Ullmännchen!«
»Gewiß«, nickte ich, um den Tobenden zu besänftigen.
»Ich will mir das überlegen!«
Mir war freilich nicht wohl bei der ganzen Angelegenheit, aber welche Wahl hatte ich denn? Zurück zu den Wittgensteiner Husaren – das wäre in der Tat mein Verderben gewesen. Ich beschloß also, gute Miene zum bösen Spiel zu machen, mir meinen Sold zu verdienen und bei der nächsten sich bietenden Gelegenheit den Abschied zu nehmen.
Die Nacht über konnte ich kaum schlafen. Mein ganzes Leben und das traurige Los meiner Eltern gingen mir im Kopf herum. Der Wein aber und die Aussicht, bald schon zu großem Reichtum zu

gelangen, erhitzten mein Gemüt, und weil die Freundlichkeit und der Kuß der bluthübschen Rebecca mein Herz in die größte Unruhe versetzt hatten, wußte ich weder ein noch aus.
Ich ging in meiner Dachkammer noch lange auf und ab, trat dann endlich ans Fenster und schaute auf den Wirtshof hinab. Unter dem Kastanienbaum war noch immer die gar sonderliche Firma meines Herrn in trunkseliger Gemeinsamkeit versammelt, und Moses Jacob lallte Worte in einer eigenartigen, fremden Sprache, die ich nicht verstehen konnte, die aber klang wie die Sprache der Juden und der Zigeuner.

Chassne Maloche

»Schrecklich, unerhört schrecklich hauste in dem ersten Jahre des neuen Säculums die Räuberhorde des Schwarzen Malochers in den reichen Gefilden, in den göttlich-schönsten Ebenen diesseits und jenseits des Rheinstroms. Der Chronist muß bei dieser Gelegenheit freilich das eine bemerken, daß nämlich die kühne, gewaltige Plünderung, das Bestürmen des Hauses mit dem Rennbaum, gleichsam das Erobern des Hauses mit bewaffneter Hand niemals aufgekommen wäre, wenn nicht der Krieg hier in vielem mitgewirkt hätte. Durch den Krieg wurden die Gemüter wilder, frecher und unternehmender. Der Krieg zeugte eine Menge liederlicher Burschen, die sich zu jeder kecken Tat bereit fanden; er bewirkte den Beitritt zahlreicher Marodeure, die das Plündern mit Waffen in der Hand gewohnt waren und nun in Freundesland ausübten, was ihnen in Feindesland so trefflich gelungen war. Der Krieg schließlich gab den Räubern, wenn sie nachts vor den Häusern, die sie plündern wollten, erschienen, das Ansehen eines militärischen Corps, wodurch den Landleuten aller Mut und Widerstand genommen war.«

Aktenmäßiger Bericht des Öffentlichen Anklägers
Eduard Klotz

Bericht des von den Wittgensteiner Husaren entflohenen Soldaten Claus Ullmann:

Gut eine Woche hatte ich bereits in dem eigenartigen Handelshaus zugebracht, als mein Herr, der sich Kaufmann Pindray nannte, von seinen Bediensteten und Freunden aber immer häufiger »Malocher« geheißen wurde, endlich die Vorbereitungen für die geplante »Geschäftsreise« abgeschlossen hatte, eine Reise, die uns in die linksrheinischen, von den französischen Truppen besetzten Gebiete führen sollte.

Schon lange vorher hatten Moses Jacob und seine Tochter Abschied von uns genommen – um, wie sie sagten, bei den Deutschfranzosen neue Handelsbeziehungen anzuknüpfen, das heißt: auszubaldowern, wo sich ein »Handel« am günstigsten treiben lasse.

Einmal wanderte mein Herr mitsamt dem Bayerbub, dem Studentchen und mir bei einbrechender Nacht tief in einen großen Wald hinein, bis wir zu einer Köhlerhütte kamen, die aber unbewohnt war. Dort ließen wir uns nieder, um zu warten. Von Zeit zu Zeit ging mein Herr einige Schritte zu einem nahegelegenen Gebüsch und schlug mehrmals in die Hand. Auf meine Frage, was solches bedeute, entgegnete das Studentchen, daß man neue Kompagnons, Gesellen und Lehrburschen für die Handelsgesellschaft geworben habe und daß dieses das Zeichen sei, daß man sie erwarte.

Die Zeit verging, es wurde Mitternacht, aber keine Antwort erfolgte. Zudem war es sehr kalt und feucht in der verlassenen Hütte, so daß ich mir ein gewaltiges Niesen und Schnupfen holte.

Fast gegen Morgen war es, als wir plötzlich einen lauten Eulenschrei vernahmen, der uns aus dem Schlaf riß. Mein Herr sprang aus dem feuchten Stroh, lief einige Schritte, klatschte laut in die Hände, und mit einem Mal stürmten vier Burschen auf den taufrischen Waldweg, umarmten uns lachend, priesen meinen Herrn als den »grandigsten Malocher«, der je unter der Sonne existiert habe, und schworen ihm feierlich Treue und Gehorsam.

Am nächsten Tag versammelten wir uns vor unserem Quartier, und mein Herr erteilte verschiedene Befehle, die der Vorbereitung unserer Reise galten. Unsere neuen Kameraden, die sich als Daumen, Roter Peter, Michel Schiefer und Messerfranz vorgestellt hatten, reinigten ihre Pistolen, gossen Kugeln und packten die Beutel. Gegen Mittag kamen auch Moses Jacob und Rebecca von ihrer Erkundungsreise zurück und führten im Flüsterton ein langes, geheimnisvolles Gespräch mit meinem Herrn. All dies war mir wenig geheuer und deutete auf ein gefährliches, wenn nicht gar unrechtes Unternehmen hin. Ich wollte den Kaufmann deshalb zur Rede stellen, doch mein Herr drückte mir nur lächelnd eine seiner Pistolen in die Hand und bat mich zu einem Wettschießen auf die Lichtung. Dort gab es einen Baumstumpf, auf den mit roter Farbe ein Ziel gemalt war, das es zu treffen galt. Ich verfehlte nicht, denn ich habe ein gutes Auge und eine ruhige Hand.

Mein Herr aber schoß daneben, daß die Rinde flog. Er lachte jedoch darüber und sagte: »Bravo, Ullmännchen, bravo! Du hast gut gelernt bei deinen Husaren. Das können wir brauchen – für eine grandige Maloche, ein todsicheres Geschäft, das uns der Moses ausbaldowert hat.«

Währenddem hatte er seine Pistole erneut geladen, sein zweiter Schuß knallte und hallte durch den stillen Wald, daß die Vögel aufflogen, und dieses Mal hatte auch er getroffen.

»Todsicher?« fragte ich und war nun meinerseits am Schuß. Erneut fetzte die Kugel ins Ziel.

»Todsicher! Wir werden Könige sein! Es ist alles genau ausgekundschaftet.«

»Und was soll ich dabei?«

»Reich werden, Ullmännchen, reich werden! Soldatenlieder singen, ein wenig in die Luft ballern, das Licht halten, tragen helfen.« Mein Herr lachte, zielte, schoß und traf. Nachdem sich der Pulverdampf verzogen hatte, fügte er hinzu: »Du kommst mit. Das ist ein Befehl!«

Meine Pistole war geladen. Ohne daß es mir recht bewußt war, aus einem unwiderstehlichen Drange heraus, hatte sich meine zitternde Hand jedoch gegen den Körper des Kaufmanns gerichtet. Mein Herr, der erst jetzt das mörderische Instrument vor seiner Brust gewahr wurde, blickte mir zuerst erschreckt, dann aber gefaßt und ernst in die Augen, schob mit dem Zeigefinger das Rohr meiner Pistole von seinem Wams und lenkte die Mündung erneut in die Richtung des Ziels.

»Du wirst gehorchen!« lächelte er. »Das weiß ich!«

Starr vor Schreck ließ ich die Pistole zu Boden gleiten, und da ich nicht wußte, wie mir geschehen war, brach ich in Tränen aus.

Am nächsten Morgen machten wir uns bei Sonnenaufgang auf den Weg. Bis zur Grenze brauchten wir etwa sieben Stunden. Wir waren jetzt neun Mann stark, die Frauen und Kinder hatten wir bei den Wirtsleuten in der Beiz zurückgelassen. Da uns die nötigen Dokumente und Pässe für den Grenzübertritt fehlten, mußten wir so manchen Umweg in Kauf nehmen. Aber das war mir nur recht, da ich nicht die mindeste Lust hatte, von Zöllnern, Soldaten oder Gendarmen eingefangen zu werden.

Endlich kamen wir auf den Schleichpfaden, die der Scherenschleifer erkundet hatte, an den mächtigen Rheinstrom. Hier fanden wir im Schilfdickicht des Ufers verborgen einen langen Schifferkahn, der für eine Überquerung des gewaltigen Stroms geeignet schien. Ohne lang nach dem Besitzer zu suchen, nahmen wir ihn für unsere Unternehmung in Beschlag und schoben ihn ins Wasser. Während der Überfahrt hielt mein Herr eine Rede. Er erklärte, daß unser Besuch einem sehr wohlhabenden Bauern in Kommren gelte, der einen großen Hof und in seinen Truhen reiche Gold- und Silberschätze habe.

»Es gibt nur ein Problem: Wir müssen handelseinig werden!« erklärte mein Herr den wilden Gesellen. »Wir müssen den guten Monsieur Diepjahn überzeugen, daß unser Angebot das günstigste ist.«

Darauf erhob sich ein brüllendes Gelächter im Boot. Nur mir war bei alledem nicht wohl zumute.

»Und zwar auf französische Art und Weise!« setzte mein Herr fort. »Er soll uns für französische Deserteure und Marodeure halten. Studentchen, bei unserer heutigen Maloche wirst du unser Capitaine und Gebieter sein!«

»Welche Ehre!« grinste das Studentchen.

»Sobald wir drüben sind, bist du der Chef. Alles hört auf das Kommando unseres Capitaines! Compris? – Moses, gib unserem Chef das Zepter!«

Mit dem Zepter war ein großes Brecheisen gemeint, das der Scherenschleifer bis hierher getragen hatte und nun unter seinem abgewetzten langen Mantel hervorzog, um es unserem neuen Anführer als Zeichen seiner Würde zu überreichen. Durch die Bewegung jedoch geriet unser Boot ins Schwanken, und der alte Moses ließ vor Schreck das Eisen auf die Beine des Bayerbub fallen.

»Au!« schrie der. »Himmelherrgottsakramentfixteifi!«

Jetzt schaukelte der Nachen unruhig auf den Wellen hin und her, und mir wurde recht bänglich zumute.

»Französisch!« verlangte mein Herr, unbeeindruckt von der Gefahr, in der wir uns befanden. »Ab jetzt wird nur noch französisch geflucht!«

»Und was heißt Scheiße?« fragte der Bayerbub. »Auf französisch, mein ich?«

»Merde!« antwortete der Messerfranz.

»Danke. Ich werd's mir merken«, knurrte der Bayerbub und rieb sich sein Schienbein. »Verdammte Merde!«

Gegen Abend endlich erreichten wir das Dorf Kommren, zu dem auch der Hof des Bauern Diepjahn gehörte. Wir lagerten uns hinter den Feldhecken am Hang, von wo wir über die Kreuze eines Friedhofs hinweg einen guten Ausblick auf das tiefergelegene Dorf hatten. So ruhten wir uns von unserem anstrengenden Marsch aus, aßen mitgebrachten Käse und tranken gemeinsam aus einer Flasche Branntwein, die wir im Kreis weiterreichten.

Das Studentchen, unser neuernannter Capitaine, beobachtete durch sein Perspektiv das abendliche Treiben auf der Dorfstraße, steckte aber sein Rohr bald wieder in den Gürtel zurück, da ihn die untergehende Abendsonne zu blenden begann. Die Kühe wurden gerade in ihre Ställe heimgetrieben, man hörte ihr Brüllen bis zu uns herauf, ebenso wie das Lachen und Rufen der spielenden Kinder. In der Tat schien es sich um ein reiches Dorf zu handeln, denn es gab große Gehöfte mit gar stattlichen Häusern, aus denen der Rauch zum Himmel stieg, eine kleine Kapelle, ein Backhaus und sogar eine Windmühle. Die alten Fachwerkhäuser schimmerten neu und frisch geweißelt im Abendsonnenglanz. Obgleich sich der Reichtum dieser Ortschaft nicht im mindesten mit der erbärmlichen Hütte meiner armen Eltern vergleichen ließ, mußte ich voller Wehmut an mein Heimatdorf denken.

Als nun mein Herr und seine Gesellen ihre Beutel auspackten und dabei Knebel, Stricke, Wachskerzen, Pulver und Gewehrkugeln vor sich ausbreiteten, fiel es mir vollends wie Schuppen von den Augen, daß ich unter eine Bande der gefährlichsten Räuber geraten war. Mein Herr, den ich von nun an nicht mehr als einen Kaufmann, sondern als den Schwarzen Malocher bezeichnen will, legte mir seine Hand auf die Schulter und zeigte auf den Hof des Bauern Diepjahn hinunter.

»Du mußt dir nur vorstellen, daß es genauso einer war, der deine

Eltern um Haus und Hof betrogen hat. Glaub mir, dann geht's. Jetzt kannst du Rache nehmen. Der da drüben ist nur reich, weil wir arm sind. Denk daran!«

Ein Mann und eine Frau waren aus dem Hoftor getreten und begrüßten gerade einen Herrn, der mit seinem Kutschwagen vor dem Haus haltgemacht hatte. Der Herr übergab der Frau einen kleinen Beutel. Der Malocher, der sie aufmerksam beobachtet hatte, reichte mir sein Fernrohr. Ich setzte es an, konnte aber nichts erkennen, da mir alles vor dem tränenfeuchten Auge verschwamm.

»Wenn du Mist machst, Generälchen«, zischte das Studentchen, dem mein Zagen nicht entgangen war, »wenn du heute abend wieder versagst, dann hab ich eine Kugel für dich, compris? Auf der Flucht erschossen. Keiner fragt danach.«

Der alte Moses, der mich in dieses Unglück gelockt hatte, wollte mir zureden: »Hör mal, Kleiner, du mußt doch nur das tun, was du früher bei den Soldaten im Feindesland für Handgeld, Orden und Beute auch gemacht hast. Genau das – aber heute auf eigene Rechnung!«

»Und wenn was passiert?« warf ich ein. »Wenn einer getötet wird?«

»Memme!« spottete das Studentchen. »Hast du das etwa im Krieg bei deinen Husaren auch gefragt?«

Darauf freilich wußte ich wenig zu sagen.

Mein Herr, der Malocher, aber griff mir fest und schmerzhaft in die Haare, zog meinen Kopf hoch und sagte den anderen: »Er will und wird sein Glück machen. Soviel ist gewiß! Ich bürge für ihn. Komm, Ullmännchen, wir wollen beten gehen!«

Inzwischen war die Sonne hinter den Bergen am rotgold schimmernden Horizont verschwunden, und mein Herr führte mich in der Dämmerung des Abends über den Friedhof zu der kleinen Kirche. Er versuchte die Flügeltür zu öffnen, aber sie war ver-

schlossen. Deshalb versteckten wir uns hinter den Grabsteinen. Er nahm eine Scheibe Wachs aus der Tasche, gab mir eine Hälfte und ließ sie mich weichkneten. Das weiche Wachs stopfte er in das Schloß der Kirchentür.
»Damit keiner an die Glocken herankommt und Sturm läuten kann!« erklärte er mir. »Bis die das Wachs wieder heraushaben, sind wir längst in Sicherheit!«
Mein Herr, der Malocher, und das Studentchen als Capitaine hatten die zwölfte Stunde für die Ausführung des Unternehmens ausersehen. Begünstigt durch den Aberglauben des einfachen Volkes und die Furcht der Bauern vor Gespenstern, so erklärte man mir, sei zur Mitternacht der Widerstand gegen eine Chassne-Maloche, wie unsere Unternehmung genannt wurde, am geringsten.
Endlich schlug es zwölf. Die Stunde des Unheils war gekommen. Daumen, Messerfranz und der Rote Peter schulterten den Sturmbalken, einen alten Wegweiser, den sie an einer Straßenkreuzung aus dem Boden gerissen hatten. Sie hatten sich Tücher vor die Gesichter gebunden und sahen im Schein der nun entzündeten Fackeln todgefährlich aus. Wir anderen hatten uns die Gesichter mit Kohle geschwärzt, um nicht erkannt zu werden.
Das Studentchen erteilte den Befehl zum Abmarsch. Acht Fackeln flackerten durch die mondlose Nacht auf das schlafende Dorf zu. Unheimlich und furchterregend blitzten die Augen unseres Anführers im Mordbrennerlicht. In der einen Hand hielt er seine Fackel, in der anderen das Brecheisen. Dazu hatte er zwei Pistolen im Gürtel. Der Malocher ging neben ihm, trug eine Pistole, eine Fackel und das Messer zwischen den Zähnen. Die anderen waren ähnlich bewaffnet. Am Ende des Zuges marschierte ich gemeinsam mit Michel Schiefer, der den Befehl hatte, auf mich zu achten. Ich nämlich hatte einen großen Sack zu schleppen, in dem Wachskerzen, Knebel und Stricke steckten.

Sobald wir die Dorfstraße erreicht hatten, begannen wir lauthals zu brüllen und das Lied von der Französischen Revolution, die Marseillaise, zu grölen, damit wir auch ja für plündernde und marodierende Soldaten der ruhmreichen Armee gehalten würden.
Der Bayerbub aber rannte zu diesem und jenem Haus, schlug mit dem Knauf seiner Pistole die Butzenscheiben entzwei und brüllte in schaurigem Ton: »Merde! Merde! Merde!«
Der Malocher und Moses Jacob, der ein riesiges Gewehr auf seinem krummen Buckel trug, schossen dazu wild mit den Pistolen in die Luft, um den Bewohnern des Dorfes durch solchen Höllenspektakel Angst und Schrecken einzujagen.
Endlich erreichten wir den Hof des Bauern Diepjahn. Unsere vier neuen Kompagnons packten den Rammbaum, setzten ihn auf das Tor an, und das Studentchen schrie aus Leibeskräften: »Allons! Avancez! Formez-vous! Attaquez! Attaquez!«, worauf die vier erst einige Schritte zurückwichen, dann aber mit gesammelter Kraft gegen das Tor anrannten. Der Aufprall des Balkens erschütterte das ganze Haus, und im ersten Stock gingen die Kerzen an.
Das Tor aber hatte der Wucht des Ansturms standgehalten.
Der Sturmbaum wurde erneut auf das Tor gerichtet. Jetzt packten auch Bayerbub und Moses mit an.
»Avancez! Attaquez!« kommandierte unser Capitaine, und dem erneuten Ansturm mit dem schweren Balken hielt das Tor nicht länger stand. Krachend schlug das Schloß aus dem splitternden Holz.
»Avancez!« brüllte das Studentchen, während eine schrille Frauenstimme alles Gejohle und Schießen, das Weinen der Kinder und Bellen der Hunde übertönte: »Hilfe, Hilfe! Ein Überfall! Hilfe!«
Am liebsten wäre ich davongelaufen, aber da ich mit meinen zwei Fackeln zu leuchten hatte und zudem unter schärfster Bewachung stand, war mir die Flucht verwehrt.
Sobald das Tor aufgebrochen war, stürmten wir über den Hof ins

Wohnhaus hinein. Während das Studentchen und seine wilde Schar sämtliche Zimmer sowie die Stallungen und Remisen durchtobten und durchsuchten und endlich die murrenden Knechte und Mägde zusammentrieben, richtete mein Herr, der Malocher, in der großen Wohnhalle sein Hauptquartier ein. Gemeinsam mit dem Scherenschleifer mußte ich das Kaminfeuer entfachen und Wachskerzen auf Tische und Stützbalken kleben.
Zuerst fesselten und knebelten wir die Knechte, die aber keinen Widerstand leisteten, und banden sie an Tische und Stühle. Ich mußte nur immer die Fackeln halten und bald hier, bald dort leuchten. Es waren auch kleine Kinder dabei, die – aus dem Schlaf geschreckt – bleich und verstört unser wildes Treiben verfolgten, und zwei junge Mägde in langen weißen Nachthemden, die sich zitternd umschlungen hielten und ohne Unterlaß das Vaterunser murmelten. Das gottlose Studentchen mit seinem Brecheisen jedoch öffnete die Schränke und Truhen, und was sich an Silber, Leuchtern, Uhren und Besteck fand, wurde auf dem schweren Eichentisch in der Mitte der Halle zusammengetragen. Mein Herr und Moses sortierten, was ihnen raubenswert erschien, und ich hielt ihnen das Licht dazu.
Die Mädchen wimmerten ohne Unterlaß und machten bängliche große Augen. Mein Herr schrie »Silence! Maul halten!« Aber da weinten und zitterten die beiden um so mehr, bis mein Herr schließlich mit dem Messer in der Hand auf die Zitternden zutrat, ihnen eine gar gräßliche Fratze schnitt, sich dann plötzlich vor der älteren der beiden niederbeugte, ihren langen Nachtrock mit einem Griff hochriß, über dem Kopf zusammenstülpte und mit seinem Messer am Deckenbalken festnagelte, so daß sich die arme Magd wie in einem Sack befand, zappelte und nichts mehr sehen konnte. Das gab ein großes Gelächter unter den wilden Gesellen. Grobschlächtig kniffen, zwickten und zwackten sie ihr wehrloses Opfer ins nackte Fleisch.

Endlich aber ließ sich das Studentchen von Moses Jacob das große Gewehr geben und befahl mir und den anderen, ihm über die Treppe in die oberen Gemächer des Hauses zu folgen.
»Jetzt schnappen wir Monsieur Diepjahn!«
Die Tür der Schlafkammer war verrammelt. Das Studentchen gab dem Messerfranz, der als der kräftigste unter uns galt, ein Handzeichen, worauf dieser mit der Schulter voran gegen die Tür anrannte, daß sie krachend aus den Angeln sprang.
Jetzt aber sahen wir plötzlich in die Mündung einer gewaltigen Jagdflinte, die Bauer Diepjahn auf uns gerichtet hielt. Alsogleich krachte ein Schuß, und dicht an meinem Kopf spürte ich die Kugel vorbeifliegen.
Das Studentchen jedoch legte seelenruhig an und erwiderte den Schuß. Wir hörten einen Aufschrei, und alsbald, nachdem sich der Pulverrauch verzogen hatte, konnten wir entdecken, daß sich das weiße Nachtgewand des Bauern, der getroffen zu Boden gesunken war, dunkelrot zu färben begann. Unser Capitaine reichte dem Scherenschleifer das Gewehr zurück und trat auf die Frau des Bauern zu, die sich tränenüberströmt mit ihrem kleinen Sohn am Rock im hintersten Winkel der Schlafkammer an die Wand drückte. Artig zog er seine Studentenmütze, verbeugte sich lächelnd und murmelte: »Bonsoir, Madame!«
Die ebenso schöne wie stolze Frau erwiderte den Gruß mit einem Blick voller Haß und Verachtung und wollte ihrem verwundeten Mann zu Hilfe eilen. Unser Capitaine jedoch riß sie an sich und griff in ihr langes aufgelöstes Haar.
»Non, non, non, non, non! Wir wollen monnaie, monnaie!«
Unterdessen packten der Malocher und der Bayerbub den blutenden Diepjahn und schoben ihn unsanft auf sein großes Bett.
»Gott wird euch strafen!« schrie die Frau schluchzend.
»Wo ist Geld? Vite, vite!« erwiderte das Studentchen ungeduldig und zog ihr die Ringe von der Hand.

Derweil durchwühlte die Bande sämtliche Schränke, Schubladen und Betten.
»Merde!« fluchte es plötzlich, und der Bayerbub kroch mit einem großen Henkeltopf unter dem Bett hervor. »Verdammte Merde!«
Er öffnete das Fenster und warf das Nachtgeschirr in den Hof hinunter. »Verdammte Merde, noch amol!«
»Baisemain! Michel! Den Handkuß!« brüllte das Studentchen und faßte die junge Bäuerin galant um die Taille – allerdings mit so festem Griff, daß sie nicht mehr zur Seite konnte. Michel Schiefer ergriff ihre Hand und hielt sie an seine Lippen. Unter dem nackten Oberarm der schreckensbleichen Frau jedoch hielt er eine brennende Kerze.
»Und nun, Madame«, flüsterte das Studentchen im Ton eines Verliebten und strich über ihre Hüfte, »monnaie, Madame, la monnaie, s'il vous plaît!«
Michel schob die Kerzenflamme immer dichter unter ihren Arm.
»Geld, Gold, Silber, Uhren, Schmuck«, flüsterte das Studentchen.
Verzweifelt versuchte die arme Frau gegen den Schmerz anzukämpfen, während die Flammenzunge sengend an ihrer Haut leckte.
Mir schauderte vor Rührung und Mitleid. Ich wollte schreien, aber da ertönte aus dem Bett das Stöhnen des alten Diepjahn, der sich in seinem Blut mühsam aufgerichtet hatte. »Tu es, Therese, tu es!«
»Kommode – hinter der Kommode!« nickte die Bauersfrau unter Tränen und wurde sogleich freigelassen.
Der Malocher und der Bayerbub zogen die Kommode beiseite und entdeckten in der Wand eine kleine Tapetentür, die zu einem niedrigen Dachverschlag führte. Der Malocher kroch hinein, rumorte

in dem dunklen Loch und zog endlich, wobei ich ihm behilflich sein mußte, eine schwere, mit rotem Samt beschlagene Truhe in die Schlafkammer.
»Merci, Monsieur, merci!« bedankte sich unser Capitaine beim Bauern Diepjahn, nahm sein Zepter, das Brecheisen, und sprengte mit einem Griff das schwere Eisenschloß.
»Très bien, très bien!« frohlockte er, nachdem er in die Truhe geschaut hatte, und begann verschiedene Kassetten mit Perlen, Ringen, Ketten, Goldstücken und Silbermünzen vor uns auszupacken. Wir alle starrten und staunten wie im Fieber, denn solche Schätze hatte bei Gott keiner von uns in diesem Haus erwartet.
»Die Kissen, vite, vite!« befahl das Studentchen ungeduldig.
Moses Jacob und Michel Schiefer schlitzten mit ihren Messern die Kopfkissen und Decken auf und ließen Roßhaar und Federn durch die Stube wirbeln. In die leeren Bezüge aber schütteten sie den Inhalt der Schatzkästlein, bis plötzlich Daumen, der am Tor geschmiert – das heißt in der Sprache der Vaganten: Wache gestanden hatte –, herbeistürmte und »Marseille! Marseille!« brüllte, die verabredete Fluchtparole. Im selben Augenblick hörten wir draußen auch schon Schüsse, Hundegebell und das Läuten der Sturmglocken.
Hals über Kopf stürzten wir die Stiegen in die Halle hinunter, packten dort die restlichen Schätze, Bestecke, Leuchter und Schinken in unsere Bettsäcke, ergriffen Pistolen, Messer, Gewehre und Fackeln und stolperten durch das zerborstene Hoftor auf die Straße hinaus. Dort standen wir plötzlich vor einer Menschenmauer, denn an die zwanzig Mann erwarteten uns mit Sensen, Knüppeln und Gewehren und wollten uns den Weg versperren.
Das Studentchen, der Malocher und der Bayerbub gingen jedoch kaltblütig auf die grimmig dreinblickenden Bauern zu, während Moses, Michel, Franz, Daumen und der Rote Peter die Pistolen auf sie gerichtet hielten.

»Heja, heja, attaquez!« brüllte das Studentchen plötzlich, und alle schleuderten den verdutzten Bauern ihre brennenden Fackeln entgegen. Erschreckt wichen unsere Widersacher beiseite. Wir feuerten unsere Pistolen ab und nutzten das allgemeine Durcheinander, um, so schnell wir konnten, aus dem Dorf und in die nahe gelegenen Wälder zu entfliehen.
Wie oft ich bei dieser Flucht – die Sturmglocken, das Gebell der Hunde und die Stimmen der Verfolger im Rücken – hingefallen bin und mich, um weiterzurennen, wieder hochrappelte, vermag ich nicht zu sagen. Ich bemerkte nur, daß von der Hetzjagd durch die Wälder mein ganzer Körper noch Wochen später voller Beulen, Kratzer und Wundschorf war.

Räuber und Gendarm

»Wenn je ein Raub großes Aufsehen erregt hatte, so war es dieser. Wo konnte man denn noch auf Sicherheit hoffen, wenn mitten in einem besiedelten Dorf Räuberhorden mit bewaffneter Hand stürmend und gewalttätig ein festverwahrtes Haus zu berauben wagen konnten?
Überall umher verbreitete sich der Ruf von dem grandiosen Raub, und die Polizei erhob sich wie nach jedem beträchtlichen Verbrechen mit erneuter Kraft. Soldaten und Gendarmen kamen in Scharen in das so schändlich heimgesuchte Departement. Selbst von Paris und Köln aus suchte man an den Ermittlungen mitzuwirken und beauftragte deshalb das Kommissariat des Öffentlichen Anklägers mit der Untersuchung dieses bedeutsamen Falles.«

Aktenmäßiger Bericht des Öffentlichen Anklägers
Eduard Klotz

»Ich versichere Ihnen, daß es keine Franzosen waren, Madame!« wiederholte Klotz ungeduldig und starrte auf den schweren Eichentisch, auf dem sein Assistent die Beweisstücke fein säuberlich nebeneinander gelegt hatte: ein Brecheisen, ein Kinntuch, Knebel und Stricke, Kerzenstummel, abgebrannte Fackeln und einen Offiziershut der französischen Armee. »Maskerade, Mummenschanz!« lachte er bitter. »Man kennt das!« Er trat ans Fenster und sah auf die regennasse Dorfstraße. In den Schlaglöchern hatten sich schmutziggelbe Pfützen gebildet. Klotz verspürte ein leichtes Stechen im Kreuz und drückte die Hand dagegen. Sie hatten einen anstrengenden Ritt gehabt, stundenlang durch den kalten peitschenden Regen. Man wird alt, dachte der Öffentliche Ankläger mißmutig, und bekommt einen Rheumatismus.

»Aber es waren doch französische Wörter und Lieder!« beharrte Frau Diepjahn, die ihrem verletzten Mann, den man zum Verhör eigens auf die Ofenbank gebettet hatte, die Hand hielt.

»Das übliche Täuschungsmanöver«, entgegnete Klotz finster. »Das machen sie alle: Hessel, Fetzer, Picard, Schinderhannes... Aber nicht mit mir!« Wütend schlug der Öffentliche Ankläger mit der Faust gegen das Fensterbrett. »Nicht mit mir!« donnerte er, daß der Bauer aus seinen Kissen aufschrak und schmerzhaft aufstöhnte.

»Pardon«, murmelte Klotz und trat hinter seinen Assistenten, der am Tisch saß und die Karteikarten sortierte. »Können wir mit der Zeugenvernehmung beginnen?«

Thalberg nickte, ergriff dienstfertig einen Federkiel, tauchte ihn ins Tintenfaß, und Klotz diktierte: »Rekonstruktion des Tathergangs – Strich drunter! Eh...« Der Öffentliche Ankläger machte eine Pause und musterte die gespannten Gesichter der Knechte, Mägde, Kinder und Nachbarn, die sich in ihren besten Sonntagskleidern auf den Bänken, Schemeln und Stühlen in der dunklen Halle erwartungsvoll niedergelassen hatten. Auch die Großeltern waren erschienen. Obgleich sie im Nebenhaus über den Schafställen den ganzen Überfall verschlafen hatten, wollten sie unbedingt den berühmten Kommissar, der eigens aus dem Departement Neuenburg herbeigeritten war, kennenlernen. Die Greisin hatte ihr Gebetbuch mitgebracht und drückte es andächtig gegen die Brust. Ein Öffentlicher Ankläger – damals, in den guten alten Tagen, hatte es so etwas noch nicht gegeben.

Es klopfte, und ohne ein »Herein!« abzuwarten, war Pfarrer Dörtzbach in die Halle getreten.

»Entschuldigen Sie die Störung, Bürger Klotz. Aber meine Schüler haben mit mir die Gänsewiesen abgesucht und nahe am Waldrain dies hier gefunden! Vielleicht, dachte ich mir, daß es nützt.« Dabei hielt er eine alte, verschmutzte Mütze in der vorgestreckten Hand.

»Die – ich hab es genau gesehen«, rief der Stallknecht, »die hatte der kleine Franzose auf!«

»Zum letzten Mal: Es war kein Franzose!« knurrte Klotz, zog aus der Brusttasche ein Lorgnon und betrachtete prüfend das neue Beweisstück.

»Eine Studentenmütze, kein Zweifel. Von einem Frankfurter Hutmacher! Bestens – allerbestens!« schmunzelte er. »Eine heiße Spur, Thalberg, ganz heiß!« Der Öffentliche Ankläger nahm den unverhofften Erfolg zum Anlaß, sich eine Prise Schnupftabak zu genehmigen.

»Brav, Herr Pfarrer, sehr brav!« lobte er schnüffelnd. »Und nun die Karteikarten, wenn ich bitten darf, Bürger Thalberg!«

Thalberg zog die erste Karte und schaute zu seinem Chef auf. Der aber sah sich den verständnislosen Blicken der Versammelten gegenüber.

»Karteikarten – nun gut, das will ich Ihnen kurz erklären. Dies ist ein neues System der Verbrechensbekämpfung, das sich bereits in Paris, aber auch in der Stadt Cologne bestens bewährt hat. Es ist ganz einfach: Wir haben uns die Mühe gemacht, die Signalements und besonderen Kennzeichen aller einschlägig bekannten Diebe und Räuber karteimäßig zu erfassen. Ein großer Fortschritt der modernen Kriminaltechnik! Wir können unsere Erkenntnisse jetzt an andere Departements weiterreichen, auch, sofern dies gewünscht wird, den Behörden der deutschen Länder drüben.«

»Ja und?« fragte Frau Diepjahn, nicht im geringsten beeindruckt.

»Sie können es gleich selbst erleben! Mein Sekretär, der Bürger Thalberg, wird Ihnen alle diesbezüglichen Steckbriefe verlesen. Sie sollten fein aufmerken, und sobald Ihnen etwas verdächtig erscheint, sobald Sie jemanden aus der schlimmen Nacht wiedererkennen, sollten Sie uns Ihre Angaben machen!«

Den Bauern, der sich allmählich mühsam auf seiner Ofenbank aufgerichtet hatte, interessierte das wenig. »Und unterdessen zieht das Mördergesindel seelenruhig über die Grenze«, klagte er, »und wird nie mehr gesehen!«

»Beruhigen Sie sich, Bürger Diepjahn!«

»Ich bin kein Bürger!« knurrte der Bauer.

»Also dann: Monsieur Diepjahn!«

»Auf deutsch! Auf deutsch – ich bin ein deutscher Herr!«

»Selbstverständlich, Herr Diepjahn, selbstverständlich. Unsere Verwaltung jedenfalls hat ihr Möglichstes bereits getan. Wir haben alle Fliegenden Brücken, alle Fährleute und Grenzposten am Rhein informiert!«

»So dumm werden die gerade sein«, jammerte Diepjahn, »und die öffentlichen Fähren benutzen!«

Verärgert ging Klotz zum Fenster und blickte stumm hinaus. Noch immer klatschten vereinzelte Regentropfen in die Schmutzlachen der verkoteten Dorfstraße.

»Wir kriegen sie, verlassen Sie sich darauf!« setzte er nach einer geraumen Weile fort. »Diesmal schnappen wir sie. Also los, Thalberg, fangen wir endlich an!«

Thalberg nahm die erste Karte und verkündete die jüngsten Erkenntnisse seiner Behörde: »Johann Peter Karr, genannt Hainstadter-Peter, alias Drehers Peter, alias Warzenhannes. Selbiger zählt 29 bis 30 Jahre, junges, frisches Gesicht, äußerst große aufgeworfene Lippen, lange gebogene Nase, schwarze Augen. Fünf Fuß, sieben Zoll – ein heimtückischer, schlauer und desto gefährlicherer Mensch...«

So ging das fort, Karte für Karte, bis in den späten Abend hinein. Aber genau erkennen konnte, genau festlegen wollte sich keiner. So blieb dem Öffentlichen Ankläger am Ende allein die Studentenmütze, die von den Kindern in den Wiesen gefunden worden war. Das freilich war eine eindeutige Spur.

»Dank sorgfältiger Steckbriefe«, so heißt es im Bericht des Öffentlichen Anklägers, Commissaire Klotz, *»dank der Zusammenarbeit mit den Fürstlich-Nassauischen Ämtern und dank der karteimäßig erfaßten Signalements aller verdächtigen Vaganten und Räuber konnten wir bald schon einen ersten Triumph feiern. Die neue Kriminaltechnik ermöglichte den Behörden, ein äußerst verdächtiges Individuum in Verhaft nehmen zu lassen.*

Ich beauftragte meinen Sekretär, den Bürger Carolus Thalberg, mit der Extrapost nach Kirchenrodau zu reisen und das verbrecherische Subjekt in Augenschein zu nehmen. Dies geschah, und Thalberg konnte den Beschuldigten, der ihm von dem Gefängniswärter in schweren Fesseln, ansonsten aber unbekleidet, vorgeführt wurde, aufgrund bestimmter Wundmale (die wir im Steckbrief verzeichnet hatten) unschwer als Michel Schiefer, einen äußerst gefährlichen Raub- und Mordgesellen, ja als ein Mitglied der Bande des Schwarzen Malochers überführen.

Allerdings – mit Bedauern sei es vermerkt – durften wir diesen Erzgauner nicht vor eines unserer ordentlichen Geschworenen-

gerichte bringen, obgleich der Delinquent unter dem Druck von Daumenschrauben (eine Tortur, die wir ablehnen!) seine Beteiligung am Überfall zu Kommren durchaus gestanden hatte. Die Fürstlich-Nassauischen Behörden verfügten vielmehr den Verschub nach Jena, im Großherzogtum Weimar, woher der Räuber gebürtig sei und wo er seine ersten Übeltaten begangen haben soll. Unsere Warnung, daß zu befürchten stehe, daß es einem notorischen Ausbruchskünstler wie Schiefer ein weiteres Mal gelingen könne, auf dem langen Transport den Wachsoldaten durch List, oder wie auch immer, zu entfleuchen – diese Warnung wurde von den kurzsichtigen Beamten in den Wind geschlagen.
In der Tat kam bald darauf aus dem Herzogtum Sachsen-Meiningen die Nachricht von seiner geglückten Flucht.«

Bericht des von den Wittgensteiner Husaren entflohenen Soldaten Claus Ullmann vor dem Gericht zu Donauwerth:
Nachdem unsere Flucht über den Rhein geglückt war und wir vor französischer Verfolgung sicher sein konnten, trennten wir uns von Michel Schiefer und seinen Gesellen und zogen für etliche Wochen durch die deutschen Länder und Fürstentümer. Das Vermögen, das wir erbeutet hatten, war schnell dahin. Betrügerische Hehler, die Kochemer Wirte und die ungezählten Freunde, die wir jetzt hatten, aber auch die Amtsleute, die sich für das Ausstellen von falschen Pässen fürstlich bezahlen ließen, und endlich die Freundlichen Mädchen, die uns so liebreich in die Arme schlossen – sie alle wollten ihr Teil haben. Auch den Krüppeln und Bettlern gaben wir, jedoch keineswegs aus edler Gesinnung, sondern daß sie ihr Maul halten und uns nicht den Spitzeln, der Polizei oder der Bürgerwehr verraten sollten.
Unterschlupf auf unseren Reisen fanden wir in den Wäldern, in

den Häusern der Freundlichen Mädchen, in den Kochemer Bayes, auf verlassenen Gehöften und in alten Burgruinen.
Müde des gefährlichen und beschwerlichen Wanderlebens, bat ich endlich meinen Herrn, mich aus seinem Dienst zu entlassen. Der Malocher antwortete erst gar nicht. Er saß auf einem Stein vor der Höhle, in der wir die Nacht verbracht hatten, und streckte sein Gesicht der Morgensonne entgegen. Moses Jacob und das Studentchen aber hockten auf dem Waldboden und nagten an den Knochenresten des Spanferkels, welches wir am Abend zuvor über dem Feuer geröstet hatten. Sie schwiegen, und da mir keiner antworten wollte, ging ich in die Höhle zurück in der Absicht, meinen Beutel zu packen.
Ich tastete mich durch die Dunkelheit zu meiner Schlafstelle; wenig weiter schnarchte noch immer der Bayerbub, der in den Armen seiner Geliebten, einer davongelaufenen Gänsemagd, im Schlaf ruhte. Sacht und vorsichtig, um das glückselig schlummernde Paar nicht weiter zu stören, packte ich meine Sachen, nahm mein Messer, jene Uhr, die ich in Kronberg wohlfeil von einem Juden erstanden hatte, das gemalte Frauenzimmerporträt, einen Seidenschal, welchen ich meiner armen Mutter zugedacht hatte, die Heilsalbe, ein Päckchen Tabak, den schmalen Geldbeutel und schließlich auch etliche Pässe und Ausweisscheine, die man mir ausgestellt hatte.
Als ich aus der Finsternis wieder ans Licht trat, stand mein Herr vor mir und packte mich an der Jacke. »Unsinn, Ullmännchen, sei kein Narr! Wir sind kurz vor dem Ziel, wir brauchen dich!«
Das Studentchen kaute an einem Stück Brot und blinzelte mir entgegen.
»So einfach geht das nicht!« rief er und wandte sich Moses zu, der damit beschäftigt war, unserer Ziege einige Tropfen Milch abzumelken. »Nachher verpfeift er uns. Der Öffentliche Ankläger setzt

ja neuerdings Belohnungen aus, wenn einer singt.« Dabei schlug er mit der Schneide seines Stockmessers in den Moosboden.
»Unsinn!« verteidigte ich mich. »Ich will nur heim zu meinen Eltern, das schwör ich!«
»Schwören!« grinste das Studentchen. »Das Wort eines ehrlichen Mannes ist keinen Pfifferling wert!«
Auf einmal war mir alles gleichgültig. Ich legte mir die Beuteltasche über die Schulter und wandte mich zum Gehen. In diesem Augenblick griff das Studentchen zum Messer, holte zum Wurf aus und schleuderte es mir so blitzschnell entgegen, daß ich vor Schreck beiseite sprang. Nur wenig neben meinem Fuß stak das Messer im Waldboden und schwankte zitternd hin und her. Das Herz pochte mir im Hals ob dieser tödlichen Drohung.
Mein Herr aber zog ganz ruhig an seiner Zigarre, blies winzige Wölkchen in die Luft und sagte, als sei nichts geschehen: »Nur noch ein paar Tage. Dann kannst du gehen, wohin du magst! Gerade haben wir einen grandigen Handel ausbaldowert, der uns alle auf einen Schlag glücklich machen wird.«
»Das sagt ihr doch jedesmal, immer und immer wieder!«
»Mein Wort drauf, Ullmännchen! Diesmal ist es etwas Besonderes. Mach mit, und du wirst als reicher und angesehener Bürgersmann in deine Heimat zurückkehren!«
»Zwanzigtausend Taler!« versuchte mich Moses zu überreden. »Die grandigste Maloche, die wir je hatten. Mach mit, Generälchen, mach mit!«
»Er hat sowieso keine Wahl!« beschloß der Malocher den Disput und trat auf mich zu. »Ich bin sein Herr und befehle es!« Er nahm die Zigarre aus dem Mund und blickte mir ernst in die Augen – plötzlich aber faßte er meine rechte Hand und drückte mir die Glut der Zigarrenspitze so fest und schmerzhaft in die Haut, daß ich laut aufschrie. Das kreisrunde Loch, das er mir bis ins Fleisch geschmort hatte, ist heute noch sichtbar, und ich werde es wohl

ewig als eine Erinnerung an mein Räuberleben mit mir tragen müssen. Die Wunde brannte höllisch, und vor Wut, Ohnmacht und Schmerz trat mir das Wasser in die Augen. Ich hielt die Hand gegen meine Lippen.

»Was hast du, Ullmännchen? So etwas muß man ertragen in unserem Stand.« Langsam fingerte sich der Malocher den weißen Handschuh von der rechten Hand. »Jetzt werde ich dir einmal mein Geheimnis offenbaren! Was man mit mir gemacht hat! Und weshalb ich stets Handschuhe trage.« Er hob den Arm und drehte mir den Rücken seiner Hand zu. Ich sah, daß sie durch ein häßliches Brandmal verunstaltet war, wie man es in solcher Größe gewöhnlich nur den Rindern ins Fell zu sengen pflegt. Ich erkannte wohl, daß es ein Galgen, das Zeichen der Vogelfreien, war, und fragte: »Wofür?«

Der Malocher hatte sich abgewandt. »Pferdediebstahl bei Mörsfeld – ein kapitales Verbrechen! Da haben sie mich fast zu Tode geschlagen. Ich war noch jung damals – so jung wie du.«

»Und jetzt weiß jeder Amtmann, jeder Polizeibüttel, jeder Dorfrichter, daß man ihn beim nächsten Mal hängen darf«, erklärte der alte Scherenschleifer.

»Mein Urteil steht fest!« Der Malocher wandte mir wieder den Blick zu. »Praktisch, Ullmännchen, sehr praktisch! Ich trage es immer bei mir!«

»Mitgefangen, mitgehangen!« lachte das Studentchen, nahm meinen Wanderbeutel vom Boden auf, öffnete ihn und schüttete vergnügt alle meine Habe auf den Waldboden aus...

Deutschlands Wilder Westen

»Der Generalcommissaire Jean Bon-St. André, dem nichts so sehr am Herzen lag, als seinem Land die Ruhe und Sicherheit zurückzugeben, die es vor dem Krieg genossen hatte, beschloß die Einrichtung von geheimen Kommissionen und Spezialgerichten für die neuen Rheindepartements. Darüber hinaus trat er mit den verschiedenen deutschen Regierungen jenseits des Rheins in Verkehr und führte erfolgreiche Verhandlungen, so daß für die Zukunft auch eine Verfolgung flüchtiger Räuber über die Ländergrenzen hinweg möglich wurde. Besonders aber war die Absicht der verfolgenden Strafbehörden auf die gefährlichsten Räuber: Schinderhannes, Afrom May, Fetzer, Adolph Weyers, den Schwarzen Malocher und Picard gerichtet. Als Öffentlicher Ankläger wurde wegen seiner Verdienste der Bürger Eduard Klotz mit der Verfolgung beauftragt und mit den notwendigen Vollmachten ausgestattet. Jetzt endlich konnte also jenes feine Netz gesponnen werden, welches den gefährlichsten Dieben und Mordbrennern zum Verhängnis werden sollte. Selbst die kaltblütigsten Räuber gerieten in panische Angst und suchten dem Schwert der Gerechtigkeit zu entkommen. Doch ihre Tage waren gezählt, ihr fürchterliches Ende unausweichlich. Denn – wie es in einem alten Sprichwort heißt – oftmals sind viele Jäger des Hasen Tod.«

*Aktenmäßiger Bericht des Öffentlichen Anklägers
Eduard Klotz*

»Können Sie überhaupt schießen?« fragte Thalberg, als sie auf der Polizeistation zu Neuenburg ihre Pistolen in Empfang nahmen.
»In etwa!« knurrte Klotz. »Ich hab es mir erklären lassen. Wie die Dinger geladen werden, wie man den Hahn spannt und wo man abdrückt. Wichtig ist das Zielen!« schmunzelte er. »Viele drehen den Kopf ab oder schließen vor Schreck die Augen. Das ist grundfalsch! Man muß das Ziel, das man zu treffen gedenkt, genau anvisieren und darf den Knall nicht fürchten! Auch sollte man wegen des Rückschlages, der ja immer zu befürchten ist, einen festen Stand haben, am besten mit gespreizten Beinen.«
»Wir sollten es vielleicht lieber doch noch ein wenig üben«, meinte Thalberg bänglich, »bevor wir auf Jagd gehen.«
»Recht haben Sie, Thalberg«, lachte Klotz. »Sie haben recht, wie immer!«

Bericht des von den Wittgensteiner Husaren entflohenen Soldaten Claus Ullmann:
Noch am selbigen Tag führte mich mein Herr durch die Täler und Höhen der rheinischen Waldgebirge, bis wir an einen Berg gelangten, auf dessen Gipfel wir, vom Gesträuch und Kraut überwuchert, die Grundfesten und zerfallenen Gemäuer einer alten Ritterburg entdeckten. Aus der Höhe hatten wir einen guten Ausblick auf eine bedeutende Handelsstraße, die sich – eng an einen kleinen Fluß geschmiegt – durch das Tal schlängelte.
»Hier rollt das deutsche Geld!« lachte der Malocher. »Kies, Zaster, Penunzen, Mäuse, Marie, Eier, Kröten, Moos, Moneten! Von Frankfurt nach Cologne oder gar Amsterdam! Ullmännchen, wir haben eine Goldader entdeckt!«
Wir standen auf dem Felsen und blickten in das Flußtal hinab.
»Viehhändler, Geldtransporte, reiche Juden, Gewürzkrämer, Postkutschen – alles muß hier vorbei. Auf der einen Seite die

Felsen, auf der anderen das Wasser – da gibt es kein Entkommen.«
Ich schaute hinunter und entdeckte zwei harmlose Zimmermannsgesellen mit Knotenstöcken und riesigen Hüten auf der Fußreise.
»Hier fehlt nur eine Zollstation, Ullmännchen!« sagte mein Herr. »Der Platz dafür ist ideal! Unsere Altvordern wußten das. Man erzählt jedenfalls, daß früher auf dieser Burg ein übelbeleumdeter Ritter gehaust haben soll, wie ein Adler im Horst oder ein Geier. Auf jeden Fall hat er das Zoll- und das Wegerecht ausgeübt und lebte im Überfluß!«
»Er war gewiß ein großer Herr, mit Brief und Siegel«, entgegnete ich.
Mein Herr setzte sich unter eine große Tanne, zog einen Grashalm durch die Zähne, sah mich forschend an und fragte: »Du kannst doch schreiben?«
»Ein wenig!« erwiderte ich zögernd. »Es gab keine Schule in unserem Dorf. Aber beim Pfarrer lernte ich in der Bibel lesen und wie man Buchstaben zu Wörtern zusammensetzt.«
»Bestens!« strahlte mein Herr und schlug mir auf die Schulter. »Ullmännchen, hiermit ernenne ich dich zum ersten Paß- und Zollamtmann in meinem Revier!«

»Resultat: Meine Familie kennt mich kaum noch, und ich habe einen wundgerittenen Hintern«, schimpfte der Öffentliche Ankläger und stieg vom Pferd. »Wir reiten und reiten und reiten.«
Eduard Klotz tätschelte den Hals des schnaubenden Tieres. »Und reden und reden und reden!«
»Wenn wenigstens etwas herauskäme bei den vielen Verhandlungen.« Auch Thalberg war abgestiegen und band die Zügel seines Pferdes ans Geländer der Freitreppe. »Im Grunde sind doch wir die Gejagten.«

Bericht des von den Wittgensteiner Husaren entflohenen Soldaten Claus Ullmann:
Wieder einmal saßen wir, im Gesträuch verborgen, auf der Lauer. Von Frankfurter Bettlern war uns ein Handelszug angekündigt und beschrieben worden, ein reichbeladener Planwagen, um den sich mehrere Kaufleute zu Fuß und zu Pferde geschart hatten, welche von der Messe heimwärts ins Großherzogtum Berg strebten.
Wir hatten schon etliche Fuhrwerke und Bauernkarren durch den Engpaß der Landstraße und über die Schlaglöcher an uns vorbeiholpern, poltern und quietschen lassen, als endlich das Studentchen atemlos hinter der Straßenbeuge hervorstürzte, keuchend in unser Gebüsch stolperte, vom Malocher eine doppelläufige Flinte in Empfang nahm und damit den Felsen hochhastete.
»Sie kommen! Sie kommen!« Sofort sprang jeder auf und nahm seinen Platz ein. Das Studentchen mit der Flinte auf dem Gipfel des Felsens, der Bayerbub mit seinen schweren Pistolen geduckt an der Uferböschung, Moses, der Malocher und ich im Gesträuch am Wegrand.
Langsam rollte der Planwagen, von zwei prächtigen Gäulen gezogen, auf uns zu. Der Kutscher und sein Geselle saßen auf dem Bock, drei vornehm gekleidete Herren gingen voraus, während ein Kaufmann zu Pferde den Schluß bildete.
Der Malocher, der sich einen langen schwarzen Mantel umgelegt hatte, worunter er seine Pistolen verborgen hielt, trat langsam mitten auf den Weg, stellte sich breitbeinig hin, wartete eine Weile, riß dann aber plötzlich eine Pistole aus seinem Umhang hervor und gab einen laut donnernden Schuß in die Luft, daß es von den Bergen gar schaurig zurückhallte. In Todesangst zog der Kutscher die Zügel und brachte den Wagen zum Stillstand.
»Halt!« brüllte mein Herr. »Ausweiskontrolle! Wo sind die Passierscheine?«

Die Kaufleute blickten furchtsam und verwirrt um sich, der Reiter jedoch riß sein Pferd herum, gab ihm die Sporen und wollte davonreiten – doch vom Felsen herab schoß das Studentchen auf den Flüchtenden, daß sich das Roß wild aufbäumte, der Reiter herabstürzte, sich mit dem Fuß aber im Steigbügel verfing, so daß das scheugemachte Tier den schwer Blutenden über die steinige Straße schleifte.

Dem Bayerbub gelang es endlich, das Pferd im Zaum zu greifen, den Unglücklichen aus seiner Lage zu befreien und an den Straßenrand zu zerren.

»Hände hoch!« befahl der Malocher, und die Kaufleute hoben zagend ihre Arme. Wir zerrten und schoben sie zum Straßengraben und stellten sie nebeneinander gegen die Felswand. Moses Jacob und das Studentchen, das in der Zwischenzeit vom Felsen heruntergesprungen war, suchten sie hastig nach Waffen ab, während der Malocher die Gefangenen mit seinen Pistolen in Schach hielt. »Wo sind die Pässe? Ihr seid im Revier des Schwarzen Malochers! Wo sind eure Schutzbriefe?«

Ich aber stand neben meinem Herrn und blickte in die verschreckten und verständnislosen Augen unserer Opfer.

»Pro Mann fünftausend Taler!« setzte der Malocher in geschäftsmäßigem Ton fort. »Und die Armee des Schwarzen Malochers sorgt für euren persönlichen Schutz! Ullmann, die Papiere!« wandte er sich an mich, und jetzt mußte ich aus meinem Beutel die Passeports, welche ich mit eigener Hand im Diktat des schlimmen Menschen hatte schreiben müssen, hervorkramen und vorzeigen.

Der Malocher nahm einen der Zettel, hielt ihn den Händlern entgegen und tat, als ob er lesen könne. »Jeder Inhaber eines solchen Schutzbriefes wird für ein ganzes Jahr lang ruhig und sicher Handel treiben und die Landstraßen gefahrlos benutzen dürfen. Dies garantiert gegen Zahlung von fünftausend Reichstalern mit eigen-

händiger Unterschrift – der Schwarze Malocher!« Er trat auf die vor Angst schwitzenden und zitternden Kaufleute zu und drückte jedem einzelnen die Mündung seiner Pistole in den Bauch.
»Na los, kaufen, kaufen, liebe Leut!« rief das Studentchen wie ein Marktschreier. »Wer vor Räubern, Wegelagerern, Mordbrennern und Plünderern sicher sein will, der nutze diese einmalige Gelegenheit!«
»Also bitte!« fügte mein Herr mit heiterer Miene hinzu. »Wer kauft einen Schutzpaß?«
»Wir sind arme Händler!« jammerte der älteste der Kaufleute und wischte sich mit seinem Sacktuch die Schweißperlen von der Stirn. »So viel Geld hat keiner von uns.«
»Das wird sich feststellen lassen! Durchsuchen!« befahl der Malocher und überreichte dem Kaufmann seine Pistolen. »Hier, halt mal!«
Fassungslos nahm der alte Kaufmann die fürchterlichen Waffen in die Hände.
»Vorsicht!« warnte mein Herr, während er ihm in die Jackentasche griff. »Hände hoch! Die Dinger sind scharf geladen.«
Wir durchsuchten die Taschen aller Kaufleute nach Börsen und Uhren, nahmen ihnen die Ringe von den Händen – doch die Ausbeute war nur gering.
»Ihr hattet wohl wenig Erfolg auf der Messe?« fragte der Malocher verärgert. Der Kaufmann nickte.
»Nun gut, so will ich euch einen Sonderpreis machen. Ihr gebt uns, was ihr gerade bei euch habt, und dafür bekommt ihr einen Tagesschutzbrief auf euer Leben, der bis Sonnenuntergang gültig ist. Ullmann, die Passeports!«
Ich reichte meinem Herrn die Zettel, während sich die andern an die Plünderung des Planwagens machten und verschiedene Kisten, Säcke, Stoffballen und eine Korbflasche mit Rotwein aus dem Wagen zutage förderten. Der Malocher aber steckte jedem der

Kaufleute, auch dem Verwundeten, einen der Passierscheine in die Manteltasche.
Die Kaufleute starrten bleich und stumm auf ihr durchwühltes Fahrzeug.
»Einen Arzt, ich brauche einen Arzt!« jammerte der verletzte Kaufmann und krümmte sich vor Schmerzen. Doch keiner wollte sich um ihn kümmern.
»Silber! Schmuggelsilber!« rief Moses plötzlich und warf eine schwere Silberplatte auf den Weg.
Da war unsere Freude groß, und mein Herr wandte sich an den ältesten der Kaufleute, der ihm zitternd die beiden Pistolen zurückreichte: »Na also! Wir kommen ins Geschäft, Freunde! Bestens. So – und jetzt mal Schuhe ausziehen! Aber rasch!«
Erneut fuchtelte mein Herr mit der Pistole vor den Gesichtern seiner Opfer herum, die aus lauter Furchtsamkeit sogleich damit begannen, die Schnüre und Schnallen ihrer Schuhe zu lösen. Wir sammelten die Schuhe ein und warfen sie, wie wir es zuvor verabredet hatten, allesamt in den Fluß. Die schnelle Strömung riß sie sogleich mit sich fort.
»Euer Schuhwerk wird vor euch in Köln sein und die Polizeisergeanten alarmieren!«
Wir räumten den Wagen leer, sortierten die Silberplatten und genehmigten uns danach einen Schluck aus der Rotweinflasche, als wir plötzlich in der Ferne eine Trommel schlagen hörten.
»Soldaten!« rief mein Herr, und sofort stürzten wir zu unseren Sachen, packten die Beute, nahmen jeder einen oder zwei der Silberbarren und rannten die Straße entlang, um uns schließlich seitwärts in die Wälder zu flüchten.
Bevor wir jedoch die Böschung hinaufstürmten, wandte ich noch einmal den Blick zurück auf diesen Ort des Grauens und sah, wie die barfüßigen Kaufleute laut schreiend und mit wilden Handbewegungen auf einen Trupp Soldaten zuhumpelten, der gerade im

Gleichschritt um die Felsen heranmarschierte. Die Soldaten warfen sofort ihre Tornister ab, um uns nachzueilen. Einer von ihnen aber legte sein Gewehr an und schoß auf mich. Vor Schreck ließ ich meine schwere Silberplatte fallen und stürzte, so schnell ich konnte, den anderen hinterher.

Diesmal hatten wir die Verfolger so dicht wie noch nie auf den Fersen, und wir kamen kaum zum Verschnaufen. Dennoch gelang es uns nach einiger Zeit, die des Ortes und der Wälder unkundigen Soldaten abzuschütteln.

Nachdem unsere Flucht so trefflich gelungen war, zogen wir noch eine Weile die Kreuz und die Quer, bis wir an die Landstraße nach Trudlingen gelangten. Vor mir marschierte der Bayerbub neben dem Studentchen, und ich hörte deutlich, wie sie im Flüsterton beratschlagten, was mit mir anzufangen sei.

»Er wird uns verraten«, meinte das Studentchen, »und uns alle an den Galgen bringen. Je eher wir ihn beiseite schaffen, desto besser.«

Ich bekam es mit der Angst zu tun.

Mein Herr aber, der die letzten Worte mitbekommen hatte, nahm sich meiner an.

»Er ist jung und kann noch brav werden!« herrschte er das Studentchen an. »Also laßt ihn, denn er ist mir lieb und wert, als wäre er mein Sohn!«

»Dein Sohn!« spottete das Studentchen. »Noch ehe der Hahn kräht, wird dich dieses Bürschchen dreimal verraten! Ein Vatermörder wird er, Malocher, glaub es mir! Nur ein totes Ullmännchen ist ein braves Ullmännchen!«

Mein Herr aber wurde sehr zornig und sagte: »Er steht unter meinem Schutz! Wenn du ihm auch nur ein Härchen krümmst, so wisse, daß ich dir mein Messer in den Leib rennen werde!«

Durch eine solche Unterhaltung wurde mir sehr unbehaglich zumute, denn von nun an war mein Leben nur noch von den Launen

der gefährlichen Räuber abhängig, und wer wußte schon, ob das Wohlwollen meines Herrn von Dauer sein würde.
»Ich kann nicht mehr!« stöhnte der Bayerbub und ließ sich im Straßengraben nieder. »Ich hab kaputte Füße!«
Da unterbrachen wir unseren Marsch und setzten uns neben dem Bayerbub ins Kraut. Der hatte seine Stiefel und Strümpfe ausgezogen, so daß wir zum ersten Mal die schrecklichen Narben und blaugrünen Flecken an seinen Beinen entdeckten.
»Du bist ja ein Krüppel«, sagte Moses. »Woher hast du das?«
»Von meinem Grafen«, antwortete der Bayerbub. »Weil ich seine besten Hirsche gewildert hab. Dafür hat er mich in den Schloßkeller gesperrt, die Sau! Bis zu den Knien mußte ich im Wasser stehen, tagelang im fauligen Wasser.«
»Die Silberplatten sind zu schwer«, überlegte der Malocher. »Wir brauchen eine Chaise. Ullmännchen, geh ins Dorf und besorg uns Pferd und Wagen, koste es, was es wolle!«
Ohne Widerrede folgte ich dem Befehl meines Herrn, machte mich auf in die Ortschaft Trudlingen und suchte nach einer Kutsche. Doch niemand, so teuer ich auch bezahlen wollte, mochte mir Pferd und Wagen überlassen, denn just an jenem Tag wurde die Hochzeit der Prinzessin von Wallerstein gefeiert. Aus diesem Anlaß hatte man eine feierliche Wasserjagd veranstaltet, und sämtliche Untertanen, die eine Kutsche besaßen, waren zu Fahrdiensten für die hohen Gäste bestellt.
Endlich aber sah ich vor einem Wirtshaus doch noch ein gar stattliches Gefährt stehen, ging hinein in die Gaststube und traf dort den Besitzer, einen Fremden aus dem Hannoverschen, den ich überreden konnte, mit der Postkutsche sicherer weiterzureisen, indem ich ihn vor der Gefahr eines Raubüberfalls warnte und ihm das Doppelte an Geldeswert für seine Chaise anbot.
Wir wurden schnell handelseinig und tranken ein Gläschen dänischen Aquavit auf das Geschäft.

Doch ich saß kaum auf dem Kutschbock, da ritt mich der Teufel, und statt dem Befehl meines Herrn zu folgen, entschloß ich mich, in die andere Richtung davonzufahren und so für immer meinen Abschied von dieser finsteren Epoche meines Lebens zu nehmen.

Jäger und Gejagte

»Endlich setzte uns ein zwiefacher Pferdediebstahl in der Nähe von Trudlingen auf eine erfolgversprechende Fährte. Unsere Spitzel gaben uns wichtige Hinweise auf eine Räuber- und Vagantenherberge, gelegen an der Grenze zum Solms-Eggensteinischen, die als kochem angesehen war und der Bande des Schwarzen Malochers schon einmal als Unterschlupf gedient hatte. Unverzüglich setzten wir uns mit den zuständigen Behörden in Verbindung und baten um uneingeschränkte Unterstützung...«

Aktenmäßiger Bericht des Öffentlichen Anklägers Eduard Klotz

15. Oktober 1802
Bericht des von den Wittgensteiner Husaren entflohenen Soldaten Claus Ullmann:
Zufrieden und vergnügt wie lange nicht mehr fuhr ich meines Weges und war schon gut zwei Stunden von Trudlingen entfernt, als ich zwei Reiter hinter mir aufkommen hörte, in denen ich beim Umblicken zu meinem Entsetzen den Malocher und seinen wildesten Gefährten erkannte. Sie riefen mir zu, daß ich haltmachen sollte. Aber gerade das bewegte mich nur, mein Pferd noch schneller anzutreiben. Doch das half wenig.
Die beiden überholten mich rasch, sprangen ab, der Malocher faßte sogleich mein Pferd am Zaum, das Studentchen aber wollte mit gezücktem Messer zu mir auf den Kutschbock springen.
»Abgestiegen, abgestiegen!« rief er. »Auf Pferdediebstahl steht der Tod. Komm, Verräter, ich will dich über den Haufen stechen!«
In diesem Augenblick griff ich in höchster Verzweiflung zur Peitsche und schlug dem Studentchen das Messer aus der Hand, daß er vor Schmerz und Wut laut aufschrie. Mit dem Fuß aber trat ich gegen die Brust meines Feindes, stieß ihn vom Wagen, sprang sogleich hinterher, packte den Herabgestürzten und setzte ihm sein eigenes Messer an die Kehle. Das Studentchen, das glauben mochte, nun habe sein letztes Stündlein geschlagen, starrte mich aus seinen grünen Augen angsterfüllt an, denn es sah, daß ich außer mir vor Zorn und Verzweiflung war.
In diesem Augenblick fiel ein Schuß, und als ich aufblickte, sah ich meinen Herrn mit rauchender Pistole hinter mir stehen.
»Genug, Ullmännchen, genug! Wir haben gesehen, daß der Pferdedieb sein Handwerk beherrscht. So – und jetzt fort mit dem Messer, oder ich knall dich ab!«
Da warf ich das Messer beiseite, gab das Studentchen frei und erhob mich langsam. Auch das Studentchen rappelte sich auf, rieb sich den Schmutz von der Hose, spuckte vor mir aus und schimpf-

te: »Ein Verräter, pfui Deibel! Da hast du dein verlorenes Söhnchen, Malocher!«
Mein Herr hingegen deutete mit seiner Pistole auf den Kutschbock und befahl: »Los, Ullmann, lenk um!«
Da stieg ich auf, wendete die Chaise und fuhr, eskortiert von meinen beiden Bewachern, die Straße zurück.
Mein Herr, soviel war gewiß, hatte mich durch sein rasches Eingreifen vor einer mörderischen Verzweiflungstat bewahrt und so am Ende nicht nur dem Studentchen, sondern auch mir das Leben gerettet. Wir fuhren zu unserem Rastplatz zurück, nahmen den Bayerbub und Moses Jacob mitsamt der Beute auf den Wagen und kehrten endlich wieder heim zu unserer alten Herberge.
Groß war die Freude, nicht enden wollten die Umarmungen. Nicht nur die Wirtsleute und die Familie des Malochers begrüßten uns, auch die herrliche und wohlgeputzte Geliebte des Studentchens, Tochter eines wohlhabenden Braumeisters, war in unser Hauptquartier gekommen und hatte ein Fäßlein besten Mettinger Bockbieres mitgebracht. Das gab eine ausgelassene Sauf- und Freßmaloche, von der ich freilich ausgeschlossen wurde. Von nun an galt ich unter den wilden Gesellen als ein Verräter, mir waren die Hände mit Stricken zusammengebunden, und selbst Rebecca, die mein Herz so sehr in Unruhe versetzt hatte, hielt sich von mir fern.
Am Abend lag ich unter dem alten Kastanienbaum und beobachtete, wie Moses und der Malocher im Kerzenleuchterschein vor einem schmalen Holztisch saßen und über den Wert unserer Ausbeute verhandelten.
»Glaubt bloß nicht, daß ich mich ewig von euch Hehlern linken lasse, glaubt's bloß nicht!« schimpfte mein Herr, während der jüngere der beiden Händler einen Ring prüfend gegen den Kerzenschein hielt.
»Man müßte das natürlich bei Tageslicht sehen.« Er nahm eine

goldene Dose, öffnete sie, zog eine Perlenkette hervor und befingerte sie. »Gute Arbeit, gewiß! Aber wer kauft das? Heutzutage?«

»Zweihundert«, meinte der ältere der beiden Händler. »Mehr ist nicht drin!«

»Für die Kette?« fragte der Malocher.

»Für alles!« erwiderte der Ältere. »Unser letztes Wort!«

»Tut uns leid, wirklich«, unterstützte ihn sein Kompagnon, »aber die Maßnahmen der Polizei werden immer schlimmer. Man zieht Bürgerwehr und Soldaten zusammen. Wir riskieren Kopf und Kragen!«

»Und wir?« Der Malocher sprang auf. »Was riskieren wir?« Er beugte sich über den Tisch, faßte den jüngeren der beiden Hehler am seidenen Hemdkragen und schüttelte ihn. »Ihr Lumpen, ihr Betrüger! Ihr wollt Kochemer sein? Betrüger seid ihr! Blutsauger! Verschwindet!«

Damit stieß er den Händler so heftig von sich, daß dieser zu Boden fiel. Der ältere aber packte seine Goldwaage hastig in sein Lederköfferchen, murmelte nur noch: »Bitte, bitte, dann eben nicht!« und verschwand eilends mit seinem Kompagnon in der alles verbergenden Nacht. Mein Herr und die anderen aber lachten hinter ihnen her: »Macht, daß ihr fortkommt, Kaufmannspack. Für solch einen Wucherpreis brauchen wir keine Hehler, pfui Teufel!«

Rebecca hatte die Aufregungen um die beiden Kaufleute genutzt, um mir stumm ein Stück vom Fleisch und vom Bier einen Krug unter die Kastanie zu stellen, so daß auch ich versorgt war. Einen Blick schenkte mir die schwarzäugige Schöne jedoch nicht.

»Ah, unser berühmter Räuberfänger!« Der Amtmann von Ollenstedt beugte sich über das Geländer der Freitreppe und blickte auf Klotz und Thalberg herab, die gerade ihre Pferde den Stallknechten übergeben hatten. »Kommen Sie nur! Ihre kleine Privatarmee steht schon zum Abmarsch bereit!«

In der Amtsstube hatte die Frau des Amtmanns den erschöpften Reitern Schinkenschnitten, Bier und Weizenschnaps gerichtet.

»Auf ein gutes Gelingen!« prostete der Amtmann seinen Gästen zu. »Daß wieder Ordnung und Frieden einkehrt an den beiden Ufern des Rheins!«

Die drei Männer traten ans Fenster und schauten in den Hinterhof. Vor den Ställen lagerte ein Trupp Soldaten. Sie hatten die Tornister abgeschnallt, einige spielten Karten, andere dösten in der milden Frühlingssonne.

»Jetzt können Sie Ihren Krieg führen!« lachte der Amtmann. »Seine Hoheit, der Fürst zu Solms-Eggenstein hat zwanzig Mann von seinem Garderegiment abgestellt – ganz zu Ihrer Verfügung. Halten Sie sich an Major Albrecht. Er nimmt Ihre Weisungen entgegen, wird sich um Proviant, Quartier und Nachschub kümmern. Er ist für die Disziplin der Leute verantwortlich.«

»Vortrefflich!« schmunzelte Eduard Klotz. »Ich danke für die Unterstützung. Der Fürst ist ein kluger Mann, er kennt seine Interessen. Wir werden noch heute in die Berge marschieren! Wie lange braucht man zur Kochemerbeiz?«

»Zu Fuß?« fragte Thalberg.

»Natürlich. Ein deutscher Fürst gibt wohl gern einmal zwanzig Mann ab – zwanzig Pferde aber nimmermehr. Nicht wahr, Herr Amtmann?«

»Von Pferden war nie die Rede«, versicherte der Amtmann. »Wir sollten die Güte unseres Herrn Landesvaters doch nicht allzusehr strapazieren!«

»Ein Fußmarsch dürfte gut vier Stunden dauern!« meinte Thal-

berg. »Sie vermuten die Räuber im Waldgasthaus? Bei Eckederoth?«
Klotz nickte. »Vielleicht. Das bleibt aber unter uns. Ich habe Nachricht von meinen Fleischmännern…«
»Sie haben Spitzel? Hier bei uns?«
»Ich habe meine Augen und Ohren überall. Selbstverständlich.«

Bericht des von den Wittgensteiner Husaren entflohenen Soldaten Claus Ullmann:
Am nächsten Morgen stand plötzlich das Studentchen vor mir in dem alten Geräteschuppen, in dem ich die Nacht hatte verbringen müssen, löste mir meine Fesseln, reichte mir einen Spaten und sprach: »Jetzt wirst du dich ein letztes Mal bewähren! Komm mit!«
Er drückte mir seine geladene Pistole in den Rücken und schob mich gut zweihundert Schritt weit auf einem kleinen Pfad in den Wald hinein. Unter einem windschiefen Erlenbaum hieß er mich haltmachen, zog mit dem Spaten ein schmales Rechteck in den Boden und befahl mir, eine Grube auszuheben.
Dann setzte er sich auf einen Baumstumpf, legte die Pistole ins Moos, summte vergnügt vor sich hin und ließ mich nicht aus dem Auge. Der kalte Schweiß brach mir aus vor lauter Verzweiflung – doch hatte ich keine Wahl und begann, mein Grab zu schaufeln.

»Nun, wie fühlen Sie sich, Bürger Klotz?« fragte Thalberg und brachte sein Pferd neben dem Rappen des Öffentlichen Anklägers zum Stehen. »Alles hört auf Ihr Kommando.« Sie ließen die kleine Streitmacht an sich vorbeimarschieren und trabten dann langsam hinterdrein.

»Vortrefflich fühle ich mich«, schmunzelte Klotz. »Wie ein kleiner General auf hohem Roß.«
»Wie Napoleon?«
»Vielleicht«, grinste Klotz. »Vielleicht aber auch wie ein gefährlicher Räuberhauptmann, vor dem alle Welt zittert! Doch – unter uns – macht das einen Unterschied?«

Bericht des von den Wittgensteiner Husaren entflohenen Soldaten Claus Ullmann:
Gegen Mittag hatte ich ein etwa mannshohes Loch gegraben. Das Studentchen trat an den Rand und setzte mir von oben den Fuß auf die Schulter.
»Bravo, Pferdedieb, dein Meisterstück! Genau das richtige Maß! Jetzt müssen wir es nur noch füllen. Steig heraus, Ullmännchen, steig heraus!«
Er reichte mir die Hand, um mich aus dem Loch zu ziehen, doch nahm ich sie nicht und stemmte mich allein aus der Grube.
»Na, Ullmännchen? Auferstanden von den Toten?« hörte ich plötzlich eine Stimme und erblickte meinen Herrn, der hinter einem Baum hervortrat. Ich aber ging auf ihn zu, riß mein Hemd entzwei, zeigte auf mein Herz und schrie: »Schießt doch, ihr Höllenhunde, schießt doch! Daß es ein Ende hat!«
»Na, na«, schmunzelte mein Herr. »Kein Mensch will dir etwas zuleide tun. Nicht wahr, Studentchen?«
»Gewiß nicht!« grinste mein Widersacher. »Ein Späßchen, ein kleiner Scherz nur – aber ich glaube, unser kleiner Pferdedieb hält nicht viel von Witzen!«
Da traten auch die anderen hinter den Bäumen und Büschen hervor und brachen in ein unbändiges Gelächter aus. »A Mordsgaudi, Jessa!« lachte der Bayerbub, und Moses schmunzelte: »So ein Spaß, nicht möglich, so ein Spaß!«

»Er hat es geglaubt!« kicherte das Studentchen immer wieder. »Er hat es tatsächlich geglaubt!«
Ich aber hatte Wasser in den Augen vor Wut und Schrecken und wollte nichts wie davon. Doch taumelte ich nur wenige Schritte, dann stellte mir das Studentchen ein Bein, daß ich der Länge nach zu Boden stürzte.
»Es soll ihm eine Lehre sein!« murmelte der Malocher ernst. »Für die Zukunft!«
Dann warfen sie die Silberplatten und andere wohlverpackte Schätze in das Versteck, das ich ihnen gegraben hatte.

»Erst spät in der Nacht«, so heißt es in den aktenmäßigen Berichten des Öffentliche Anklägers, *»erreichten wir die Kochemerbeiz, wie die Herberge – der geheime Schlupfwinkel – in der Sprache der Gauner und Halunken genannt wird. Obgleich das Räubernest zunächst leer und verlassen schien, ließ sich der Öffentliche Ankläger keineswegs täuschen, sondern befahl seinen Truppen, den Unterschlupf der Verbrecher im weitesten Umkreis mit der gebotenen Vorsicht zu umstellen. Auch gab er Order, die Nacht über abzuwarten und erst im Morgengrauen, wenn alles noch im Schlaf ruhe, zur Attacke überzugehen, um endlich mit einem einzigen gewaltigen Schlag den Schwarzen Malocher mitsamt seinen Raubgenossen auszuheben und der Gerechtigkeit zu überliefern.«*

Der Morgen graute – still und verschlafen lag die Herberge, in der die Räuberbande vermutet wurde, im Frühnebel. Nur die Vögel schlugen der aufgehenden Sonne ihr Lied entgegen. Fröstelnd blickten die Soldaten auf den Öffentlichen Ankläger, der noch immer durch sein Perspektiv die Räuberbeiz beobachtete. Endlich aber gab er das ersehnte Handzeichen. Leise rückten Major Al-

brecht und seine Leute mit vorgehaltenen Bajonettgewehren auf das Haus vor. In Schußweite bildeten sie einen Ring um das einsam am Wald liegende alte Wirtshaus, spannten die Hähne ihrer Gewehre und legten an.
Klotz und Thalberg, die hinter zwei Eichenbäumen in Deckung standen, feuerten zwei Warnschüsse aus ihren Pistolen ab, doch nichts rührte sich. Im Haus war es totenstill. Auf dem Platz davor sah man jedoch noch die Asche eines Spießfeuers, Knochenreste, leergetrunkene Zinnbecher und eine umgestoßene Korbflasche.
»Ergebt euch! Das Haus ist umstellt!« rief der Öffentliche Ankläger und trat kurz hinter seinem Baum hervor. »Malocher, du hast keine Chance mehr! Schick die Frauen und Kinder raus! Ergib dich!«
Doch auch jetzt erfolgte keine Antwort. Nach einer geraumen Weile gab Eduard Klotz seinen Männern ein Zeichen. Zwei Soldaten rannten mit vorgehaltenen Bajonetten über den Gartenhof auf die Haustür zu. Klotz und die anderen gaben ihnen Feuerschutz. In diesem Augenblick zeigte sich auf der Fensterbank im ersten Stock plötzlich eine doppelläufige Gewehrmündung, und sofort wurde aus mehreren Fenstern gleichzeitig auf die anstürmenden Soldaten geschossen. Getroffen schrie einer der beiden Soldaten auf, und der andere zog ihn hinter einen großen Kastanienbaum in Sicherheit, während Klotz und seine Leute das Feuer erwiderten. Die Kugeln schlugen ins Mauerwerk, Fensterscheiben klirrten.
Danach war es erneut eine Weile still. Beide Seiten versuchten, ihre Schußposition zu verbessern. Gewehre wurden geladen, die Hähne gespannt.
»Das werdet ihr büßen!« brüllte Klotz. »Kommt heraus, oder ihr werdet geräuchert.«
Anstelle einer Antwort schlug eine Kugel in das Holz der Eiche,

hinter der der Öffentliche Ankläger Schutz gesucht hatte. Klotz warf sich auf den Boden.
»Die Fackeln, Thalberg!« zischte er seinem Sekretär zu. Der gab das Kommando weiter. Im Liegen feuerte Klotz einen Schuß aus seiner Pistole, der scheppernd gegen das Wirtshausschild schlug.
»Ich zünd dir das Haus über dem Kopf an! Malocher, denk an dein Kind!«
Jetzt leuchteten ringsum die ersten Brandfackeln auf. Klotz gab Major Albrecht erneut ein Handzeichen. Wieder stürzten zwei seiner Soldaten vor, während die andern Feuerschutz geben mußten. Und wieder wurden beide durch einen Kugelhagel zum Rückzug gezwungen. Der Öffentliche Ankläger jedoch nutzte die Pause, die der Gegner zum erneuten Laden benötigte, steckte zwei Finger in den Mund, ließ einen schrillen Pfiff ertönen, und sogleich rannten die Fackelträger auf das Haus zu und warfen ihre Brandsätze in die Fenster, Stalltüren und Dachluken. Blitzschnell, wie sie gekommen waren, eilten sie an ihre Plätze zurück.
Erneut fielen Schüsse. Die Soldaten versuchten, die Räuber, die sich kurz in den Fenstern zeigten, zu treffen und daran zu hindern, die Brandfackeln wieder aus dem Haus zu schleudern. In der Scheuer, im Dachgestühl und im Stall begann es bereits zu knistern.
Minute um Minute verstrich. Klotz aber strahlte immer zufriedener. Es war jetzt totenstill; jeder wartete darauf, daß etwas passieren sollte. Das Knistern wurde immer lauter, das Feuer fraß sich allmählich voran. Dann explodierte plötzlich ein Pulverfaß im Dachgestühl. Balken und Ziegel flogen weit durch die Luft. Klotz holte seine goldene Taschenuhr hervor und ließ von nun an zu jeder vollen Minute eine Salve aus den Gewehrläufen auf das Holz losfeuern. Endlich, nachdem das Feuer immer stärker geworden war, öffnete sich langsam die Haustür.

»Nicht schießen! Nicht schießen!« hörte man die Stimme eines alten Mannes.
Der Öffentliche Ankläger nickte seinen Soldaten zu, die sogleich den Finger vom Abzug nahmen, und rief dann, so laut er konnte: »Langsam rauskommen! Hände über dem Kopf! Einer nach dem andern! Alle rauskommen!«
Das Haus brannte lichterloh. Zuerst kam Moses Jacob, dann die Frauen, die Wirtsleute, der Bayerbub... Die Soldaten packten sie an den Händen, fesselten sie mit Stricken und verknoteten die einzelnen Stricke miteinander. Als letzte traten der Schwarze Malocher und das Studentchen mit erhobenen Händen aus der Wirtshaustür und schritten auf Klotz und Thalberg zu, als plötzlich der Schrei eines Mädchens über den Platz gellte: »Der Ullmann! Mein Gott, der Ullmann!«
Klotz und Thalberg drehten sich um und blickten auf die schöne Tochter des Scherenschleifers, die sich entsetzt die Hände vors Gesicht hielt. Der Malocher aber nutzte die Situation und schlug mit den bloßen Fäusten auf den Öffentlichen Ankläger ein. Sofort stürzten sich mehrere Soldaten auf ihn. Dem Studentchen aber war es gelungen davonzulaufen.
»Der Ullmann, der Ullmann!« schluchzte Rebecca und wandte dem Malocher einen anklagenden Blick zu. »Du hast ihn gefesselt, an den Balken gebunden, du Mörder!«
»Wer ist das?« fragte Thalberg. »Der Ullmann?«
»Ihr müßt ihn retten!« schrie Rebecca. »Holt ihn da raus! Holt ihn!«
Klotz zuckte die Achseln.
»Zu spät!« murmelte er. »Und viel zu gefährlich.«
Der Öffentliche Ankläger setzte sich auf einen Stein und starrte stumm und übernächtigt auf die lodernden Flammen. Rebecca aber weinte und wimmerte. Aus dem Geräteschuppen erklang ein qualvolles Stöhnen und Husten. »Der lebt ja immer noch!« Major

Albrecht hatte seinen Dreispitz abgenommen und wischte sich den Schweiß aus der Stirn.

»Schrecklich!« flüsterte Thalberg.

Als er jedoch aufsah, bemerkte er die Umrisse einer Gestalt vor der rotgelben Feuerwand, die an einem leblosen Körper zerrte.

»Alle Wetter! Das Studentchen!« Klotz sprang auf, nahm seine Pistole und richtete ihren Lauf auf die finstere Gestalt: »Das berühmte Studentchen!«

»Richtig!« erwiderte es aus dem rußgeschwärzten Gesicht, dessen Augen leer und starr durch Klotz hindurchblickten. »Aber dieser hier«, und damit zerrte er den Ohnmächtigen vor die Füße des Öffentlichen Anklägers, »dieser hier heißt Claus Ullmann. Und ist der Schlimmste von uns. Der muß als erster hängen. Da bestehe ich drauf!«

Mitgefangen

»Das Leben eines jeden Räubers teilt sich in drei Perioden. In der einen heckt er Diebstähle aus und vollführt sie, in der anderen verschwelgt er seinen Raub in liederlicher Gesellschaft und ruht aus, in der letzten aber sitzt er irgendwo gefangen und spekuliert auf seine Freiheit. Entgehen kann er dieser letzten Lebensperiode nicht. Das ist der allgewaltige Schluß der Götter.«

Aktenmäßiger Bericht des Öffentlichen Anklägers
Eduard Klotz

16. Oktober 1802
Bericht des von den Wittgensteiner Husaren entflohenen Soldaten Claus Ullmann:
Nachdem wir gut eine Woche im Stadtgefängnis von Ollenstedt verbracht hatten und vom dortigen Amtmann unablässig verhört worden waren, wurden uns eines Morgens die schweren Ketten abgenommen und Handfesseln angelegt. Dann wurden wir von den Wachsoldaten mit Kolbenschlägen durch die Gänge auf den Hof getrieben und mußten auf ein langes Pferdefuhrwerk klettern. Die Wachsoldaten ketteten nun jeden einzeln an den Seitenstreben des Wagens fest, so daß wir uns kaum noch rühren konnten.
Auch die Frauen und Kinder wurden herbeigeführt, sie durften sich aber frei bewegen und selbst ihren Platz auf dem Wagen einnehmen.
Die Freude über dies Wiedersehen war groß. Auch ich hatte meinen Teil daran, denn Rebecca, die mich die Tage zuvor noch kühl und abweisend behandelt hatte, setzte sich mir schweigend an die Seite und schaute mich lange mit Blicken an, daß mir das Herz klopfte. Dann legte sie ihren kleinen Kopf an meine Schulter und schmiegte ihren zarten Körper so eng an den meinen, daß mir die harte, rumpelige Fahrt durch die rheinischen Berglande heute als die himmlischste Kurzweil in der Erinnerung ist.
Der Wagen wurde scharf bewacht, zwei Soldaten saßen bei uns, einer auf dem Kutschbock, und zwei ritten nebenher. Auch der Öffentliche Ankläger, eine imposante, ehrfurchtgebietende Erscheinung, und sein Sekretär ritten im Zug und behielten uns ständig im Auge.
Als wir an den Rhein kamen und auf die Fliegende Brücke – so nennt man dort die großen Fährschiffe – verladen wurden, um den mächtigen Strom zu überqueren, jubelten meine Gefährten und sagten, daß bei den neufränkischen Republikanern die Gesetze milder und die Strafen geringer seien als im alten Deutschland.

»Vive la révolution!« rief das Studentchen, als wir die Mitte des Rheins passiert hatten. »Liberté, fraternité, égalité! Alle Menschen werden Brüder!« Und wie ein vom Wein Berauschter sang er schließlich sogar die berühmte Weise von Marseille. Der Malocher aber schüttelte den Kopf zu alledem, und ich sah, daß seine Frau Tränen in den Augen hatte.

»Die Richter und Geschworenen mögen vielleicht menschlicher sein und milder«, sagte er, »aber leider sind sie auch schlauer und wissen deshalb besser über unsere Ruhmestaten Bescheid. Die Köpfe werden rollen, das ist gewiß!«

Auf der anderen Rheinseite übernahmen französische Gendarmen die Bewachung und begleiteten uns bis Neuenburg. Dort wurden wir in das Zentralgefängnis gesperrt, das in einem Turm der alten Stadtmauer untergebracht ist.

Wie schwer mir der Abschied von Rebecca fiel, kann sich vorstellen, wer jemals ein ähnlich schönes Mädchen im Arme hielt. Aus solchen Traumes- und Liebesfesseln gerissen, wurde ich nun mitsamt der ganzen rohen Verbrecherschar in einen kühlen, nackten Gefängnisraum geworfen, der nur ein winziges vergittertes Fenster hatte. An der einen Wand war eine lange Holzbank, auf der wir meistens saßen. In der linken Ecke neben der eisernen Tür stand ein stinkender Kotkübel, in den wir unsere Notdurft verrichteten. Der Boden war mit Heu und Stroh bedeckt, aber immerhin hatte jeder seine eigene Matratze. Meistens jedoch stand ich, während meine Leidensgefährten aus ihrem Leben erzählten oder sich stritten, am Fensterloch und blickte stumm über den Wassergraben und die grünen Bürgerauen hinweg zum Horizont, wo die Berge begannen, und träumte, eines Tages diesen Weg zusammen mit Rebecca zu gehen.

Aber dann klirrte wieder die eiserne Kette, die mein rechtes Handgelenk so schmerzhaft mit dem linken Fuß verband, und rief mich in mein trauriges Schicksal zurück.

»Jeder ist seines Glückes Schmied!« strahlte der Malocher, als er nach stundenlangem Abtasten der Fugen unserer Zellenwand endlich einen rostigen alten Nagel entdeckt hatte, der im Mörtel verborgen war. Er gab den Nagel sogleich an das Studentchen weiter, der ihn liebevoll an die Lippen hob und wie eine heilige Reliquie küßte, dann aber anfing, den Nagel unter großer Anstrengung zwischen der Mauer und dem Armreif seiner Fessel zu einem Hakenschlüssel zurechtzubiegen. Mit dem stocherte er unablässig im Schloß seiner Kette herum und versuchte, sie aufzubringen.

Moses Jacob, der wegen seines kränklichen Magens von der Wärtersfrau einen Schleimbrei bekommen hatte, stellte seinen Blechnapf auf den Boden und trat zu mir ans Fenster; denn ich war wohl der einzige, der seine Lebensgeschichte noch nicht kannte.

»In Wesel war ich einmal zu lebenslänglichem Zuchthaus eingesperrt. Aber niemals habe ich aufgegeben. Der erste Fluchtversuch kostete mich fünfundzwanzig Stockprügel. Dazu wurde ich sogar auf den Prügelbock geschnallt, der zweite fünfzig und der dritte hundert Schläge.«

»Und der vierte?« fragte ich nach einer Weile, denn der Alte war plötzlich verstummt und grübelte vor sich hin. »Der vierte«, schreckte der Scherenschleifer auf und sammelte sich, »der vierte ist dann geglückt. Ich sollte nach Rußland, nach Sibirien, in eines der neuen Bergwerke. Unser gnädiger Herr Landesvater hatte seine ungeratenen Söhne nämlich als billige Arbeitskräfte an den Zaren verkauft. Weil er Geld brauchte für die neue Residenz... Aber das hatte auch sein Gutes. Auf dem langen Transport konnte ich dann türmen.«

»Na also!« triumphierte Studentchen. »Ich wußte es ja!« Mit unendlicher Geduld war es ihm gelungen, dem Schloß ein sanftes Klacken zu entlocken.

»Ein ganz einfacher Trick. Man braucht nur ein wenig Gespür, und schon ist man ein freier Mann!«
»So, Bayerbub, jetzt bist du dran«, fuhr der Malocher fort. »Jetzt mußt du uns ein schönes dickes Osterei legen. Gluck, gluck, gluck, gluck!«
»Mach ich!« lachte der Bayerbub, ging ins Eck, band sich die Hose auf und hockte sich nieder.
Das Eierlegen – so erklärte mir mein Herr – sei eine für das Malocherhandwerk besonders in Notzeiten unentbehrliche Fertigkeit. Es gehe darum, ein Chlamony, ein kleines wächsernes Ei, zu legen, in das man zuvor in kluger Voraussicht wichtiges Fluchtwerkzeug, ein Goldstück oder eine zur Säge gefeilte Uhrfeder, hineingeknetet hatte. Ein solches künstliches Ei müsse, vor peinlicher Untersuchung versteckt, in einer gewissen Körperöffnung verborgen bleiben, bis die Aufmerksamkeit der Wächter nachgelassen habe und sich eine günstigere Wendung des Schicksals erhoffen lasse.
Nachdem sich der Bayerbub das Chlamony aus dem Darm gedrückt hatte und uns die aufgerollte Federsäge vorzeigte, war die Freude groß.
Aber dann hörten wir die Schritte unserer Wächter im Gang. Der Bayerbub schob das Fluchtwerkzeug unter seine Matratze, und das Studentchen klappte blitzschnell den Armreif seiner Fessel zusammen.
Als die beiden jungen Soldaten zu uns hereinschauten, saßen wir alle wieder müde und ausgemergelt an unserer Wand und starrten trübsinnig ins Leere.
Einer der Gendarmen aber rief in unsere Zelle hinein: »Deserteur Claus Ullmann! Antreten zum Verhör beim Öffentlichen Ankläger!«

»Aufgabe des untersuchenden Richters«, so lesen wir in den aktenmäßigen Berichten, *»ist es, das Vertrauen der angeklagten Verbrecher zu gewinnen, um so Licht in das Dunkel zu bringen und der Wahrheit zum Triumph zu verhelfen. Er muß deshalb seinem Gefangenen nicht als ein Rächer oder Vernichter gegenübertreten, sondern vielmehr als ein Vater, der es mit Güte als auch mit wohlmeinender Strenge versucht, den Gestrauchelten zum Geständnis seiner gar scheußlichen Untaten zu überreden. So erweist er der Wahrheitsliebe, aber auch der unter den Verbrechen der Räuber ächzenden Menschheit einen unschätzbaren Dienst.«*

»Da kommt er ja – der Schlimmste von allen!« schmunzelte Eduard Klotz, als die Soldaten Claus Ullmann in die Amtsstube des Öffentlichen Anklägers führten. »Thalberg, richten Sie Papier und Feder!«

Claus Ullmann, der schmächtige und – wie in den Papieren stand – sechzehnjährige Sohn eines fränkischen Kleinbauern, wischte sich verlegen die langen Haare aus der Stirn, begegnete aber nur kurz dem Blick des Öffentlichen Anklägers und starrte sogleich wieder auf die Holzdielen der Amtsstube.

»Ullmann«, begann der Öffentliche Ankläger in ruhigem, freundlichem Ton. »Ich habe erfreuliche Botschaft! Die Wittgensteiner Husaren haben ein außerordentliches Interesse an deiner Person! Die Menschenfreunde dort drüben wollen dich unbedingt vor der Willkür und Grausamkeit unserer französischen Guillotinen bewahren! Du sollst zurückkehren!«

»Aber…« stammelte Ullmann. »Ich bin doch abgehauen von denen, desertiert.«

»Eben! Eben. Man will ein Exempel statuieren!« Der Öffentliche Ankläger begann in seinen Papieren zu suchen. »Es geht um die allgemeine Disziplin der Truppen.«

Endlich hatte er den Brief aus Wittgenstein gefunden.
»Du wirst öffentlich Spießruten laufen müssen und anschließend im Kasernenhof aufgehängt – als abschreckendes Beispiel. Hier! Der Auslieferungsantrag mit Siegel und Unterschrift! Wenn du lesen gelernt hättest, könntest du selbst...«
»Aber – ich...« wollte Ullmann sagen, doch unversehens sackte er in sich zusammen und schlug ohnmächtig auf den Boden.
»Thalberg, einen Stuhl für den Inquisiten!« murmelte Klotz. »Verstehen Sie das? Ein Räuber, ein Mordbrenner, und spielt die empfindsame Seele...«
»Vielleicht bekommt ihm unser Essen nicht«, meinte Thalberg und schob einen Stuhl vor den Tisch des Öffentlichen Anklägers. »Man sollte vielleicht doch etwas weniger Wasser in die Suppen...«
»Unsinn! Wasser ist gesund.« Klotz nahm demonstrativ die Wasserkaraffe von seinem Schreibtisch, goß ein Glas voll und ging auf den verstörten Ullmann zu, der inzwischen mit Thalbergs Unterstützung auf dem Stuhl Platz genommen hatte.
»Pardon, pardon«, entschuldigte sich Ullmann bleich. Dann nahm er das Glas und trank hastig. »Danke, es geht schon...«
»Siehst du, bei uns Republikanern wird dagegen die Menschenwürde hoch geachtet«, fuhr der Öffentliche Ankläger fort. »Das bittere Ende mag unvermeidlich sein – gewiß. Aber vor der Guillotine hättest du bei uns doch noch ein paar Wochen Zeit und wenigstens ein ordentliches Gerichtsverfahren.«
Der junge Deserteur blickte sich in der Amtsstube um, sprach aber kein Wort. Der Distelfink hüpfte vergnügt in seinem Vogelbauer hin und her.
Eduard Klotz, der halb auf der Kante seines Schreibtisches saß, blickte mit väterlichem Ernst auf seinen jungen Untersuchungsgefangenen.
»Nun, bist du jetzt auch für unser neues bürgerliches Recht?«

Ullmann nickte traurig, Klotz aber war es zufrieden.
»Na also, na also! Ullmann! Dann darfst du mit deinen Kameraden gemeinsam unters Fallbeil!« Der Öffentliche Ankläger klopfte seinem Häftling auf die Schulter. Anschließend nahm er den Brief des Wittgensteiner Kommandanten vom Tisch und riß ihn langsam in der Mitte durch. »Wunderbar! Thalberg, schreiben Sie: Der barbarische Auslieferungsantrag nach Wittgenstein wird aus Gründen der Humanität und des Menschenrechtes abgelehnt! Ullmann, Sie können gehen!«
Klotz steckte die zerrissenen Papierfetzen in seine Jackentasche, trat an die Tür seiner Amtsstube und rief den wartenden Soldaten zu: »Abführen!«
Zu Thalberg aber sagte er, nachdem sich die schwere Tür wieder hinter Ullmann geschlossen hatte: »Na, Bürger Thalberg, wie war ich?«
»Beeindruckend!« entgegnete der Sekretär ernst. »Aber keinesfalls human. Er ist doch noch ein halbes Kind! Sie haben ihn fürchterlich erschreckt!«
»Na und?« sagte Klotz. »Wenn es der Wahrheitsfindung dient? Man muß sie weichkneten, die verstockten Herzen dieser Gauner, dann singen sie – bald schon mit tausend Zungen!«

»Anderwärts«, so heißt es in den Berichten des Öffentlichen Anklägers, *»wirft man wohl große berüchtigte Haupträuber in scheußlich nasse und verkotete Kerker, verfährt mit äußerster Strenge und Härte gegen sie, prügelt und foltert und bleibt dadurch genausowenig unterrichtet wie zuvor. Einen ganz anderen Weg hat der Öffentliche Ankläger eingeschlagen, und es ist ihm geglückt, selbst Räuber von zurückhaltendem, finsterem Charakter zum Geständnisse zu bringen.*
Ganze Abende hat er mit ihnen zugebracht, sie in schöne, heitere

Zimmer führen, dort sich niedersetzen, ihre Frauen treffen lassen, hat ihnen Wein die Fülle gegeben, mit ihnen gelacht, gescherzt, ihre Kochemer Sprache gesprochen und die wichtigsten Aufschlüsse erhalten. Die Räuber bekamen ein unüberwindliches Zutrauen zum Bürger Klotz.«

Die altehrwürdige Amtsstube des Öffentlichen Anklägers im Rathaus zu Neuenburg hatte sich in eine wahre Räuberhöhle verwandelt. Hühnchenreste, Obstschalen, Soßen- und Rotweinflecke, Zigarrenasche und die heruntergebrannten Kerzenleuchter auf den verrutschten Tischdecken gaben Zeugnis von den wahrhaft revolutionären Verhörmethoden des berühmten Kriminalisten. Alle Sessel, Tische und Stühle waren verrückt worden, unter dem Amtstisch des Öffentlichen Anklägers hörte man den Bayerbub schnarchen, und selbst Sekretär Thalberg klammerte sich krampfhaft an sein Stehpult und konnte nur mit Mühe und Not Feder und Papier vor dem Übermut des Studentchens verteidigen. Ohne Unterlaß hatte er die Gespräche des Abends protokolliert, hatte sämtliche Tischreden und weinselige Plaudereien notiert und wartete nun, mit der Müdigkeit kämpfend, auf das Ende des seltsamen Verhörs.

»Malocher, du mit deinen Talenten«, schmeichelte Eduard Klotz und klopfte seinem Widersacher nicht ohne Anerkennung auf die Schulter. »Mit deinen Talenten wärst du auch in unserer glorreichen Armee etwas geworden: ein grandiger General, wie Napoleon!«

»Aber ich war doch schon bei den Soldaten, Eduard!«

»Auf der falschen Seite!« entgegnete der Öffentliche Ankläger.

»Aber bei den Soldaten habe ich doch viel mehr Menschen umgebracht, und da hat niemand was gesagt!« lallte der Malocher und nahm einen langen Schluck aus seiner Branntweinflasche.

»Eben! Krieg ist eben Krieg.«
»Und tot?« Der Malocher starrte trübe vor sich hin. »Tot ist doch auch tot!«
Klotz zuckte mit den Achseln und ließ seinen Blick über die seltsame Runde schweifen. Der alte Moses Jacob hatte es sich auf einer französischen Liege bequem gemacht, summte alte Volkslieder, genoß das weiche Polster und die seidenen Kissen. Claus Ullmann aber, der sich als der empfindsamste und verschwiegenste der Räuber erwiesen hatte, stand am Fenster und starrte trübsinnig in die Nacht hinaus.
Um den ist's schade, dachte der Öffentliche Ankläger. Den hat das schöne Hexenmädchen verführt. Dann traf sein Blick das Studentchen, das gerade versuchte, einen Becher Rotwein über Thalbergs Aufzeichnungen zu verschütten. »Damit das Geschworenengericht weiß«, lallte er, »daß ihr uns besoffen gemacht habt, ihr Schweine!«
Klotz trat hinzu, legte dem empörten Thalberg beschwichtigend die Hand auf die Schulter, kramte mit der anderen aus der Schublade des Stehpults ein altes Schloß und einen Nagel hervor und begann sogleich mit äußerstem Ungeschick im Schlüsselloch herumzustochern. Sofort blitzte es in den Augen des Studentchens auf.
»Da! Versuch's mal, Studentchen, ob du das schaffst!« lockte der Öffentliche Ankläger. »Ich hab gehört, du kannst es mit einem Nagel...«
Das Studentchen lächelte geschmeichelt, nahm sich schweigend das Schloß, betrachtete es prüfend, bog dann den Nagel zurecht und schob ihn vorsichtig in die Schlüsselöffnung hinein.
»Zeig mir, ob es geht!« Eduard Klotz schaute ihm interessiert über die Schulter. »Ob du es wirklich noch kannst.«
»Paß bloß auf, Studentchen, paß bloß auf!« versuchte der Malocher, selbst nicht mehr nüchtern, zu warnen. »Der Bürger Eduard will dich linken. Paß bloß auf!«

»Psst! Psst!« Eduard Klotz legte den Zeigefinger auf seine Lippen und blickte freundlich lächelnd zum Malocher hinüber. Im selben Augenblick schon hörte man das Klacken des aufspringenden Schlosses.
»Da, bitte!« Mit einer triumphierenden Geste gab das Studentchen dem Öffentlichen Ankläger das schwere Eisenschloß zurück.
»Phantastisch!« lobte Klotz. »Genau wie damals im Butzbacher Rathaus, nicht wahr?«
Der Öffentliche Ankläger gab seinem Sekretär ein Zeichen, und Thalberg nahm sogleich die Feder aus der Tinte.
»Ja, so ähnlich...« strahlte das Studentchen.
»Aha!« bemerkte Klotz.
»Aha?« schrie das Studentchen, das plötzlich merkte, welche Falle man ihm gestellt hatte.
»Aha!« wiederholte Klotz grinsend und drehte sich strahlend zu seinem Sekretär um.
Das Studentchen aber nutzte die Gelegenheit zur Rache, griff blitzschnell in die Westentasche des Öffentlichen Anklägers und fischte fingerfertig eine goldene Taschenuhr hervor.

Bericht des von den Wittgensteiner Husaren entflohenen Soldaten Claus Ullmann:
Obgleich uns der Untersuchungsrichter bei seinen eigentümlichen Verhören so manches unbedachte Wort entlockte, das uns gar wohl den Hals kosten konnte, waren wir guter Dinge in unserem Turm. Sobald uns die Wärter den Rücken kehrten, legten wir die Fesseln ab und arbeiteten unablässig an unserer Befreiung, bis es uns eines Nachts endlich nach tagelanger abwechselnder Arbeit gelungen war, das Gitter unserer Zelle durchzusägen, und wir den Ausbruch in die Freiheit wagen konnten. Das Studentchen löste unsere Ketten, während Moses Jacob und der Malocher ein langes

Seil bereithielten, das sie aus dem Stroh unseres Lagers geflochten hatten. Mit dem Seil wollten wir uns nacheinander an der Außenwand unseres Gefängnisturms hinablassen. Mein Herr und das Studentchen gingen zum Zellenfenster und ließen das Seil hinuntergleiten.
»Zu hoch! Verdammt! Es fehlen noch gut zehn bis zwölf Schuh!« meinte das Studentchen.
»Trotzdem!« entgegnete der Malocher. »Wir müssen es wagen. Jetzt oder nie!«
»Ich nicht! Ist ja lebensgefährlich«, murmelte das Studentchen.
»Ullmann!« rief der Bayerbub. »Der Ullmann soll es probieren!«
»Natürlich!« grinste das Studentchen. »Er ist der Fluchtmeister! Damit erfüllen wir ihm einen Herzenswunsch!« Jetzt lief es mir kalt den Rücken herunter. Mein Herr aber sah sich zu mir um und murmelte: »Stimmt! Ullmann muß als erster springen! Das ist er uns schuldig!«
»Ich muß überhaupt nichts«, erwiderte ich trotzig. Doch mein Herr lächelte nur.
»Doch, Ullmännchen – es ist mein letzter Befehl! Wir brauchen dich nicht mehr, du bist entlassen! Spring!«
»Hals und Beinbruch!« grinste das Studentchen und schob mich ans Fenster. »Du wirst mir fehlen!«
Da ich sah, daß alle es wollten und mir nichts anderes übrigblieb, machte ich mich zum Abstieg bereit.
»Na also!« freute sich Moses Jacob. »Bist ein guter Junge!«
Der Bayerbub und das Studentchen hoben mich in die Höhe und schoben mich rückwärts durch die enge Fensteröffnung. Ich griff das Seil und wurde langsam an der Außenmauer des Turms herabgelassen.
Plötzlich aber – ich hing zwischen Himmel und Erde – ging ein Ruck durch das Seil, und ich hörte den Bayerbub laut: »Merde!«

rufen. Schaudernd blickte ich in die Tiefe und sah das mit Steinen übersäte schmale Ufer des Stadtgrabens unter mir, während ich oben aufgeregte Stimmen, Soldatenschritte und das Öffnen der Zellentür hörte. Mein Leben aber hing an einem zu kurz geflochtenen Strohseil.

Blutgericht

»Jedes Ding der Welt hat seine Zeit der Reife, diese kann es nicht überschreiten, allmählich sinkt es in ihr seiner Auflösung entgegen. Auch für die Bande des Schwarzen Malochers war nun endlich die von groß und klein so lang gewünschte Epoche der Vernichtung gekommen.«

Aktenmäßiger Bericht des Öffentlichen Anklägers
Eduard Klotz

»Meine Uhr!« brüllte der Öffentliche Ankläger verkatert. »Ich will meine Uhr zurück! Wer hat meine Uhr?«
Eduard Klotz ließ sich von den Wachsoldaten eine Fackel geben und leuchtete in die Dunkelheit hinein. Die Zelle bot ein merkwürdiges Bild. Alle Gefangenen hatten sich unter dem Fenster zusammengeschart und starrten mißmutig auf den Öffentlichen Ankläger. Das Studentchen aber ging auf ihn zu, griff langsam in die Tasche, zog die goldene Uhr hervor und reichte sie schweigend dem Öffentlichen Ankläger zurück. Der steckte sie kopfschüttelnd in seine Westentasche.
»Spring, spring doch endlich!« ertönte plötzlich die Stimme des Scherenschleifers.
Erst jetzt entdeckte Klotz, daß seine Gefangenen die Ketten abgelegt und das Zellengitter entfernt hatten.
»Alarm! Alarm!« brüllte er, stürmte zum Fenster und versuchte, erst Moses Jacob, dann die anderen beiseite zu drängen. »Was ist das für ein Seil?«
Der Malocher und der Bayerbub aber ließen es los und streckten ihre leeren Hände vor. Im selben Moment hörte man draußen einen dumpfen Fall.
»Gewehre, Pistolen!« brüllte der Öffentliche Ankläger. »Ich muß ihn haben, tot oder lebendig!«

Bericht des von den Wittgensteiner Husaren entflohenen Soldaten Claus Ullmann:
Ich merkte sogleich, daß der Tumult im Turm nichts Gutes zu bedeuten hatte; doch beim Blick in die Tiefe schauderte mir. Auf dem Schutt und Felsgestein würde ich mir gewiß sämtliche Knochen brechen. Aber als Moses mit flehender Stimme rief: »Spring doch, spring doch, du Esel!« – da wußte ich, daß ich keine Wahl mehr hatte. Mit den Füßen stemmte ich mich gegen das Mauer-

werk, um auf diese Weise meinem Sprung eine Wendung über die Steine hinweg in den Stadtgraben zu geben – und sprang.
Ich schlug auf die Böschung des Stadtgrabens, dachte einen Augenblick, daß ich tot wäre, bemerkte aber bald, daß meine Knochen noch unversehrt waren, und rappelte mich hoch. Da ich über mir das Alarmgeschrei hörte und sah, wie aus dem Turm der Lauf eines Gewehres auf mich gerichtet wurde, packte mich die Angst, und ich stürzte über die schweren Steine hinweg die Stadtmauer entlang, bis ich endlich eine Stelle fand, an der ich den schmutzigen Graben, in den ganz Neuenburg seine kotigen Abwässer ergoß, durchwaten konnte. Fünf Kugeln peitschten ins Wasser, Hunde bellten, und in der ganzen Stadt begannen die Alarmglocken zu läuten. Dennoch gelang es mir, das rettende Ufer zu erreichen und über die taufrischen Bürgerauen der Morgenröte, die sich hinter den fernen Bergen langsam erhob, entgegenzufliehen.

Nach der Flucht des Claus Ullmann wurden im Stadtgefängnis von Neuenburg gewichtige Veränderungen vorgenommen. Der Öffentliche Ankläger ließ seine Gefangenen in den ausbruchsicheren Keller verlegen, wo sie schwere Fußketten und Halsbretter angelegt bekamen. Durch eine versteckte Luke in der Eisentür konnte Klotz darüber hinaus seine Gefangenen heimlich kontrollieren. Endlich waren die Verhöre abgeschlossen. Eduard Klotz und sein Sekretär, Carolus Thalberg, konnten dem Gericht etliche Stapel von Ermittlungsakten vorlegen, in denen sämtliche Untaten der Malocherbande genau geschildert waren und auch der persönliche Anteil jedes einzelnen abgewogen wurde.
»Ich nehme keine neuen Geständnisse mehr an!« erklärte Klotz dem Malocher. »Einmal muß Schluß sein!«
»Aber mir sind noch zwei Raubüberfälle eingefallen, die ich ver-

gessen hatte«, drängte der Malocher. »Du mußt mich anhören, Bürger Eduard!«
»Du kannst den Prozeß nicht ewig verzögern«, erwiderte der Öffentliche Ankläger. »Ihr habt einhundertsiebenundzwanzig Raubüberfälle gestanden – das reicht uns!«
»Morgen tritt das Geschworenengericht zusammen!« ergänzte Thalberg.
»Hundertsiebenundzwanzig Raubüberfälle und dazu drei Tote!« murmelte der Malocher vor sich hin. »Ich sterbe als grandiger Gauner!«
Stolz blickte er dem Öffentlichen Ankläger ins Gesicht: »Als grandiger Chassne-Malocher!«
»Gewiß!« bestätigte Eduard Klotz. »Im Räuberhandwerk warst du bestimmt einer der Größten!«
Der Bayerbub hatte in der Zwischenzeit mit seinem Suppenlöffel drei Galgen in den lehmigen Boden der Zelle geritzt.
»Aber wir sind doch vier!« wandte er sich an den Öffentlichen Ankläger. »Drei Menschen sind gestorben bei unseren Überfällen – warum müssen dann vier an den Galgen?«
Eduard Klotz nahm dem Bayerbub den Löffel aus der Hand und strich die drei Galgen mit dem Stiel durch.
»Hängen muß überhaupt keiner! Ihr sterbt nach dem neuen Recht!«
Eduard Klotz ging in die Hocke und zeichnete eine Guillotine in den Boden.
»So! Und verdient habt ihr's allemal!«
»Nein, nein!« schrie der Bayerbub und hatte Schweißperlen auf der Stirn. »Ich will das nicht! Nicht so! Nicht so!«
Das Studentchen legte ihm besänftigend den Arm auf die Schulter. »Du mußt aber! Es ist doch ganz einfach. Hier, wo das Loch ist, hier steckst du deinen Kopf durch, und – zack – kommt auch schon das Fallbeil. Wie der Blitz!«

»Das kann ich nicht! Nein, das kann ich nicht!«
»Du lernst es«, tröstete das Studentchen. »Du lernst es ganz gewiß!«

»Nachdem das Geschworenengericht wie erwartet gesprochen, die Anträge des Pflichtverteidigers niedergeschmettert und die gefährlichen Räuber allesamt zum Tode verdammt hatte«, so heißt es in den aktenmäßigen Berichten des Öffentlichen Anklägers, *»wurde ich mit dem schweren Amt beauftragt, den Delinquenten ihr Todesurteil zu verlesen und danach einen um den anderen zu befragen, wer von ihnen in seiner letzten Stunde einen geistlichen Beistand wünsche.*
Um einen Einblick in das Fühlen und Denken der vier Verbrecher zu geben, beauftragte ich meinen Sekretär, die Antworten wortgemäß zu protokollieren.«
Alois Mozart, genannt Bayerbub:
›Ich habe niemanden gemordet, ich sterbe ungerecht, ich will zwei Pfarrer, einen katholischen und einen lutherischen.‹ (lautes Schluchzen)
Ferdinand Hessel, genannt Studentchen:
›Dann will ich vier Pfaffen, einen katholischen, einen lutherischen, einen reformierten und einen Juden. Wer mir am besten gefällt, den behalte ich – die anderen jage ich zum Teufel!‹
Ephraim Moses Hirsch aus Sonnenberg, Jude, genannt Moses Jacob:
›Mir soll man den Rewwe schicken – und einen Schreiner. Der soll auf Papier schreiben, daß ich bereue, daß aber die Armut schuld daran war an allen meinen schändlichen Taten, und dieser Brief soll geschickt werden an meinen gnädigen Herrn Landesvater, den Landgraf von Hessen!‹
Franz Georg Wittig, genannt Schwarzer Malocher:

›Was soll mir ein Pfaffe? Ich habe nichts gelernt als stehlen. Als Malocher bin ich geboren, als Malocher will ich sterben. Wir sind notwendig. Gott gibt uns Räubern das Dasein, er schickt uns in die Welt, auf daß wir die Geizigen, die ungerechten Reichen bestrafen: Wir gestalten uns zu einer von Gott ausgehenden Plage. Wozu sollten auch all die Richter, Ankläger, Geschworenen und Henker nützlich sein, wenn wir nicht wären?‹

Eine spitzbübische Antwort. Daß aber hinter der rauhen Schale dieses gesetzlosen Mannes auch ein menschlicher Kern steckte, sollte der Öffentliche Ankläger schon wenig später erfahren.

Ein letztes Mal durften die zum Tode Verurteilten ihre Verwandtschaft empfangen. Da kamen die Geliebten, falschen Cousinen, Tanten, Onkel und Eltern zuhauf. Die Gendarmen führten dabei strenge Kontrollen und peinliche Leibesvisitationen durch, wobei sie manchen Nagel, manche Feile oder sogar ein Chlamony – wir wollen nicht sagen, wo – zutage förderten.

Als nun der sogenannte Malocher sein Weib, das man mit großer Milde zu nur vierjährigem Arbeitshaus verdammt hatte, empfangen durfte und seinen kleinen Sohn, den wir der Obhut und Pflege des städtischen Waisenhauses anzuvertrauen gedenken, auf dem Schoß hielt, da vermeinte der Öffentliche Ankläger Tränen – Tränen der Reue! – in den Augen des sonst so grobschlächtigen, bärenstarken Kerls zu entdecken.

›Bürger Eduard!‹ bat der Delinquent flehentlich. ›Wollt doch bitte dafür sorgen, daß er einmal einen anständigen Beruf lernen kann und daß die besseren Gesetze aus dem Neufrankenreich bewirken, daß alle Menschen, auch die Fahrenden, ihr Auskommen finden!‹

›Er kann ein ehrlicher Soldat werden!‹ bedeutete der Öffentliche Ankläger. ›Der Erste Konsul wird für die Revolution in Europa noch manchen Krieg führen, glaubt mir!‹

Der Malocher gab sich mit dieser Antwort nicht zufrieden. ›Ich hatte dich nach einem Beruf gefragt, Eduard! Wenn du keine bessere Zukunft für meinen Sohn weißt – so darfst du dich nicht wundern, wenn aus ihm eines Tages ein zweiter Malocher wird!‹

Da zuckte der Öffentliche Ankläger die Achseln, wandte sich ab, versprach aber, das Menschenmöglichste zu tun.

Auch jene bemerkenswerte Schönheit, die sich Rebecca nannte und mit einer zweijährigen Arbeitshaft bedacht war, sah der Öffentliche Ankläger bittere Tränen in den Armen des alten Scherenschleifers vergießen. Deshalb fühlte sich der Öffentliche Ankläger bemüßigt, zu ihr zu gehen, sie zu trösten und ihr zu versichern, daß sich nach einer Besserung ihres Charakters gewiß ein reicher Bürgersmann finden lasse, der solch ein schönes Mägdelein mit Freuden in seinen Haushalt aufnehmen möchte. Sie aber blitzte den Öffentlichen Ankläger aus ihren schwarzen Augen verächtlich an und zischte: ›Um mich weine ich nicht! Ich weine um meinen armen Vater!‹ Soviel zum Seelenleben dieser bedauernswerten Kreaturen.

Die Stunde der Gerechtigkeit hatte nun endlich geschlagen. Das schöne Sonnenlicht, das alles an den Tag bringt, war aufgegangen, und die fürchterliche Exekution, mit der das heilige Menschenrecht wiederhergestellt werden sollte, konnte beginnen.

Es war ein klarer, sonnenbeglänzter Septembermorgen, als die vier Gefangenen unter Glockengeläut aus ihrem Gefängnis geführt und von den Wachsoldaten auf den Schinderkarren geleitet wurden. Der Öffentliche Ankläger hatte ihnen zur Beruhigung heiße Bäder genehmigt, sie in lange weiße Hemden kleiden lassen und dem Bader Auftrag gegeben, ihnen die Köpfe zu scheren.

Auf dem Blutkarren wurden die vier von Eduard Klotz begrüßt und mit dem Scharfrichter, der das schwere Amt der feierlichen

Hinrichtung übernommen hatte, bekannt gemacht. Auch die Geistlichen waren erschienen, um letzten Trost zu spenden. Die Gefangenen aber wirkten ruhig und gefaßt, nur Alois Mozart, der Bayerbub, schluchzte unablässig vor sich hin.

»Hier, das wird dir helfen!« Der Pfarrer, der ebenfalls im Schinderkarren Platz genommen hatte, wollte ihm sein Gebetbuch überreichen.

»Wozu? Er kann sowieso nicht lesen!« erwiderte das Studentchen.

»Du mußt es nur ganz fest halten«, beharrte der Pfarrer. »Das hilft schon, glaub mir!« Er drückte dem Bayerbub das lederne Büchlein zwischen die gefesselten Hände.

Die Finger krampften sich um das Gebetbuch, sein Schluchzen hatte ein Ende.

Ein Trupp Soldaten traf ein, stellte sich vor dem Schinderkarren auf, die Trommeln wurden gerührt, und langsam setzte sich der Zug in Bewegung.

Jetzt begannen von sämtlichen Kirchen der Stadt die Glocken zu läuten. Trotz der frühen Morgenstunde hatten sich viele Schaulustige am Straßenrand eingefunden, um die letzte Fahrt des Schwarzen Malochers mitzuerleben. Das Studentchen empfand große Freude über die Aufmerksamkeit, die ihnen zuteil wurde, und winkte den Neugierigen freundlich zu.

Der Malocher aber sagte zum Öffentlichen Ankläger: »Es ist alles so feierlich – ich glaube, ich bereue...«

»Recht so, Malocher, recht so!« Für einen kurzen Augenblick lag die Hand des Öffentlichen Anklägers auf den gefesselten Fäusten des Malochers.

Das Glockenläuten war zu Ende, jetzt hörte man nur noch die dumpfen Trommelschläge durch die engen Altstadtgassen hallen. Der Marktplatz von Neuenburg war schwarz von Menschen. Nur langsam konnte sich die feierliche Prozession mit dem rumpelnden

Schinderkarren einen Weg durch die neugierigen Massen bahnen. Vor der großen Freitreppe des alten Rathauses aber stand fürchterlich und drohend das Blutgerüst mit der Guillotine. Aus den Fenstern hingen lange blauweißrote Fahnentücher, das Blutgerüst dagegen war mit scharlachroten Blutfahnen geschmückt.
Als der Schinderkarren endlich hielt und die Räuber, begleitet vom Öffentlichen Ankläger und den Geistlichen, feierlich das Podium bestiegen, erscholl ein zehnfacher Trommelwirbel, daß alles Geplauder und Gewisper verstummte und der ganze Marktplatz in atemloser Spannung verharrte.
Eduard Klotz führte die vier Gefangenen zunächst zu einer Bank, auf der sie Platz nahmen, und begrüßte dann Maire Diepenstein, den Bürgermeister von Neuenburg, der im Festtagsstaat in einem großen Sessel thronte, um so dem feierlichen Ereignis beizuwohnen. Nun gab er den Henkersknechten, die schwarze Kapuzenmasken trugen, ein Zeichen, worauf sie das Fallbeil langsam in die Höhe zogen und den Korb am Fuß der Guillotine einhängten. Dann holten sie vier große blutrote Tücher und banden sie den Verurteilten um den Hals.
Der katholische Geistliche aber erhob sich, ermahnte die Menge zur Andacht und ehrfürchtiger Stille vor dem Tod und sprach die Worte: »Allmächtiger! Allgütiger! Allbarmherziger Gott! Du Herr der Lebenden und der Toten, wir bitten dich, laß uns das Härteste überstehen, das Recht und Gerechtigkeit fordern. Leih uns die Gnade, daß wir zu ertragen vermögen den Tod dieser großen Sünder in christlicher Geduld, und gib uns die Kraft, zu beten für die Seelen dieser großen Sünder in christlicher Barmherzigkeit, denn dieses Menschenblut soll fließen zur Versöhnung der Lebendigen und der Toten. In Ewigkeit, Amen!« Erneut erklang ein schauriger Trommelwirbel. Der Öffentliche Ankläger nahm den Hut vom Kopf, gab den Gefangenen ein Zeichen, sich aufzustellen, und sprach mit lauter, weithin vernehmbarer Stimme:

»Ephraim Moses Hirsch, seid Ihr bereit, Euch mit Gott und den Menschen auszusöhnen – so tretet vor!«
Der alte Scherenschleifer nickte kurz, trat vor und kniete vor dem Öffentlichen Ankläger nieder. Der Sekretär Carolus Thalberg reichte diesem nun ein mit Samt beschlagenes Tablett, auf dem vier hölzerne Stäbe lagen. Eduard Klotz nahm einen davon und hielt ihn über das Haupt des alten Scherenschleifers: »Ephraim Moses Hirsch aus Sonnenberg, im Namen der Gerechtigkeit breche ich diesen Stab über dir!«
Er brach den Stab, und erneut wurden die Trommeln geschlagen. So nahm das feierliche Ritual seinen Lauf. Nachdem alle Stäbe gebrochen waren, erhoben sich noch einmal die Delinquenten mit ernsten, gefaßten Mienen und umarmten einander zum Abschied.
Der Bürgermeister aber erhob sich aus seinem Sessel und sprach: »Wehe, wehe, wehe! Dreimal wehe über euch!«
Wieder begannen von allen Türmen der Stadt die Glocken zu läuten, die Henkersknechte packten als ersten den Ferdinand Hessel, der von den Räubern das Studentchen genannt wurde, legten ihn auf das Brett und banden ihn fest. Dann schoben sie ihn unter das hochgezogene Messer und legten seinen Hals in den hölzernen Kragen.
»Dein Wille geschehe!« rief der Pfarrer in die schaurige Stille hinein, und im selben Augenblick löste sich das Messer aus der Verankerung. Ein schreckliches Krachen ertönte. Als der Henkersknecht den Kopf in die Höhe hob, schrien einige Frauen und Kinder, die meisten starrten nur stumm und entsetzt vor sich hin. Der Öffentliche Ankläger wandte sich ab und blickte bleich und finster über die wartende Menge hinweg. Am anderen Ende des Platzes aber stand in der Mündung einer kleinen Seitengasse ein junger Bursche, der sich entsetzt die Hände vors Gesicht geschlagen hatte …

Bericht des von den Wittgensteiner Husaren entflohenen Soldaten Claus Ullmann:

Obwohl ich dabei mein Leben riskierte, mochte ich doch nicht darauf verzichten, am Hinrichtungstag dabeizusein, um wenigstens aus der Ferne von meinem einstigen Herrn, dem Kaufmann, der sich als ein Mörder und Dieb entpuppt hatte, den Abschied zu nehmen. Auch die alten Spießgesellen sah ich noch ein letztes Mal, und obgleich ich auch sie als ein der Menschheit so gefährliches Raub- und Mordbrennergesindel kennengelernt hatte, mußte ich gestehen, daß mich ihr trauriges Schicksal, das sie zu all der teuflischen Bosheit verführt hatte, tief in meinem Herzen berührte. Denn wie leicht ein menschliches Wesen aus der göttlich bestimmten Bahn und unter das Henkersmesser geraten konnte, das hatte ich nur zu gut am eigenen Leib erfahren. Doch bereits nach der ersten blutigen Exekution wandte ich mich im Innersten zerwühlt und voller Grausen ab und ging heimwärts, zurück zu meinen Eltern und in eine ungewisse Zukunft – fest entschlossen, einen Ausweg aus all meinem Elend zu finden.

Nachbemerkung des Autors:

Hier brechen die Aussagen des Claus Ullmann, die er ein Jahr später, im Oktober 1802, – wegen Landstreicherei verhaftet – vor dem Gericht zu Donauwerth zu Protokoll gab, unvermittelt ab. Über sein weiteres Schicksal wird weder in den Gerichtsakten zu Donauwerth noch in den Berichten des Öffentlichen Anklägers etwas ausgesagt.

Nachwort

»Wenn der denkende Richter Bettler sieht, die von brotlosen Landstreichern hinter dem Zaune geboren, zu keiner Arbeit als zum Betteln angehalten, heimatlos und unvermögend, ihr Brot zu verdienen, ohne Unterricht und Erziehung aufgewachsen, aus Not und Müßiggang stehlen und in einer Art von Krieg mit der Gesellschaft, der sie durch kein Band angehören, leben – so kann er sich nicht verhehlen, daß diese Menschen werden mußten, was sie sind und daß der Staat, der sich begnügt, sie zu hängen – oder, um die Kosten zu ersparen, sie dem Nachbarstaate weiterschiebt –, im Grunde nur Wirkungen bekämpft, deren Ursachen er sich selbst zuzuschreiben hat…«

Georg Friedrich Rebmann
Richter im Schinderhannes-Prozeß

Die Geschichte vom Räuberlehrling führt uns in die Jahre um 1800, in das Zeitalter Goethes und Napoleons. Diese Jahre nach der Französischen Revolution waren eine Zeit der Kriege und des gesellschaftlichen Umbruchs. Etwa 15 Prozent der Bevölkerung in Mitteleuropa lebten damals als »Vaganten« ohne festen Wohnsitz. Zum einen handelte es sich um Bettler, Hausierer, Schausteller, Musikanten, Artisten, Kastenkrämer, Gelegenheitsarbeiter, Wandergesellen, arme Juden und »Zigeuner«, die schon seit Jahrhunderten am Rande der Gesellschaft leben mußten. Zum anderen gab es aber auch viele gerade erst entlassene Soldaten, Krüppel und Deserteure, Arbeitslose und Obdachlose, die infolge der Kriege, Mißernten und Epidemien mit ihren Familien auf der Straße gelandet waren.

Die Fürsten und ihre Beamten aber wußten kein Mittel gegen die Not, sie jagten die Armen von Ort zu Ort, von Land zu Land und gaben ihnen keine Chance, sich ehrlich niederzulassen. Im Gegenteil: sie bestraften das Umherziehen mit Kerker, Stockschlägen und Landesverweis. Kein Wunder, daß die Vaganten nicht mehr an die Gerechtigkeit der Gesetze und das Christentum der seßhaften Bevölkerung glauben mochten. Und so schlossen sich einige, aber im Grunde doch recht wenige junge Menschen aus dem Millionenheer der Entwurzelten und Entrechteten zu Räuberbanden zusammen. Ihre Beutezüge planten und organisierten sie nicht selten, so wie sie es gelernt hatten, nach militärischem Vorbild und führten ihren privaten Krieg für die eigene Tasche. Viele, weil sie keinen anderen Ausweg wußten, aber auch manche mit der Absicht, »die Geizigen, die ungerechten Reichen zu bestrafen« (Damian Hessel, ein im Jahre 1809 verurteilter Räuber). Es gab Dilettanten, Strauchdiebe und Wegelagerer wie die Räuber der Hölzerlips-Bande oder die armen Leute von Kombach, aber auch skrupellose und brutale Kriminelle, die ihr »Räuberhandwerk« bereits professionell betrieben. Die große Niederländische Bande zum Beispiel, die Banden der Räuberhauptleute Fetzer, Picard, Schinderhannes und Damian Hessel machten in den Jahren zwischen der Französischen Revolution und dem Wiener Kongreß vor allem die Rheingegenden und das westliche »Deutschland« unsicher, so daß man mit Fug und Recht von »Deutschlands Wildem Westen« und von einer »Räuberzeit« sprechen kann.

Gegen solche berufsmäßige Banditen hatte man in den 314 deutschen Klein- und Kleckerstaaten trotz Folter, Galgen, Brandmarken und Auspeitschen kein wirksames Rezept. Die Räuber brauchten oft nur durch den Wald zu fliehen oder einen Fluß zu durchwaten, um im nächsten Fürstentum und vor Verfolgung sicher zu sein. In den nach den Revolutionskriegen französisch besetzten Gebieten allerdings war man da schon wesentlich weiter. Die Rechtsprechung war »vernünftiger« und zeitgemäßer, die Verwaltung zentral, das Polizeiwesen effektiver. Der General-Commissaire der vier Departements und der Öffentliche Ankläger erklärten den großen Räuberbanden den Krieg, suchten die Zusammenarbeit mit den deutschen Kleinstaaten und räumten gründlich auf. Die großen Schauprozesse und Hinrichtungen der Räuberhauptleute Fetzer, Schinderhannes und Damian Hessel zeigten, daß erfolgreich für »law and order«, für »Recht und Ordnung« gesorgt wurde. Damit waren zwar die prominentesten Profis der Räuberszene ausgeschaltet, doch gegen die Wurzeln des Verbrechens, die Not der Arbeits- und Obdachlosen, war nur wenig getan. Zwar gab es Reformen in den deutschen Staaten und auch eine industrielle Entwicklung, durch die neue Arbeitsplätze, aber auch neue Probleme entstanden. Doch das ist eine andere Geschichte. Das Elend und die Kriminalität jedenfalls verlagerten sich fortan immer mehr von den Landstraßen und den Wäldern ins »Dickicht der Städte«.

Die Geschichte vom »Räuberlehrling« Claus Ullmann und der

Bande des Schwarzen Malochers ist in den Einzelheiten zwar frei erfunden, hat aber historische Quellen und Vorbilder. Damit habe ich soweit wie möglich eine Annäherung an die Zeit, das Bandenwesen und die Praxis der großen Räuberfänger versucht, kann also die Gewähr geben, daß es – vielleicht – so gewesen sein könnte.
Ausgangspunkt meiner Erzählung ist eine protokollierte Aussage des jungen Löw Ulmann vor dem Gericht in Donauwerth, die sehr naiv den Beginn seiner Räuberkarriere in der Bande des »Kaufmanns Pindray« schildert, der nach Einschätzung des Öffentlichen Anklägers kein anderer als der legendäre Räuberhauptmann Picard, der »kühnste verschlagenste unter allen« gewesen sein soll und der – im Gegensatz zu unserer Erzählung – niemals gefaßt wurde.
Löw Ulmanns bruchstückhafter Bericht findet sich in der »Aktenmäßigen Geschichte der Räuberbanden an den beyden Ufern des Rheins« (Johann Nicolaus Becker, Cöln 1804).
Die Geschichte vom Räuberlehrling erschien zuerst in acht »Fortsetzungsepisoden« in dem Sachbuch »Deutschlands Wilder Westen« (Arena-Verlag, Würzburg) und liegt nunmehr erweitert und bearbeitet erstmals als geschlossene Erzählung vor.

Neckargemünd, im September 1991
Michail Krausnick

Begriffe aus der Räubersprache

Das Rotwelsch (auch Jenisch, Kochemer Schall oder Gaunersprache genannt) ist die Gruppensprache der Fahrenden. Vor mehr als 700 Jahren hat sie sich vor allem aus dem Jiddisch-Hebräischen herausgebildet. Dazu kamen einige Begriffe aus dem Romanes, der Sprache der Sinti und Roma, Dialektwörter und viele umgangssprachliche Begriffe.

Rotwelsch ist auch eine Gegensprache, mit der sich die Außenseiter der Gesellschaft, die Verfemten und Verachteten, gegen den vermeintlichen Wohlanstand der Seßhaften und die Obrigkeiten aller Art aufmüpfig zur Wehr setzten. Wenn beispielsweise das rotwelsche Wort »Penne« nicht mehr nur die »Herberge«, also den Ort, an dem man schläft, sondern auch das »Gefängnis« und schließlich die »Schule« benennt, wird widerborstiger Witz deutlich.

Überhaupt die Schule: Worte wie Pennen, Petzen, schuften, verduften, schnorren, schwoofen, picheln, spachteln und nicht zuletzt der »Pauker« – der »Schläger« – zeigen, daß die Räubersprache auch heute noch lebt.

Der Räuberlehrling Claus Ullmann erkennt den Widersinn zunächst noch nicht, wenn sein Herr, der »Kaufmann«, vom »handeln« und »malochen« spricht, sondern nimmt ihn naiv und leichtgläubig beim Wort. Doch »malochen« heißt in Räuberkreisen eben nicht »arbeiten«, sondern »rauben«, und »handeln« – eine Handbewegung machen – heißt »klauen«.

Besonders groß ist der Wortschatz natürlich, wenn das Wichtigste im Leben eines Räubers zur Sprache kommt – das »Geld«: Eier, Kröten, Moos, Moneten, Knete, Kies, Pennunzen, Mäuse, Kohle, Marie usw.

Hier einige weitere Wörter und Begriffe, die im »Räuberlehrling« eine Rolle spielen:

baldowern	– auskundschaften, spionieren
Bayes, Beiz	– Wirtshaus, Kneipe
Chassne Maloche	– gewaltsamer Einbruch, Sturmangriff
fetzen	– machen, tun
Fleischmann	– Polizeispitzel, Verräter
grandig	– groß
handeln	– machen, stehlen
Kaff	– Dorf
Kaffer	– Bauer, Seßhafter
Kittchen	– Gefängnis, vgl. Kette, Kettchen
kochem	– klug, vertrauenswürdig
Kochemer	– Vagant, Fahrender, Räuber
link	– schlecht, falsch
linken	– fälschen, täuschen
malochen	– arbeiten, rauben
Maloche	– Arbeit, Überfall
Massel	– Glück
Massematten	– Handel, hier: Raubzug
Moos, Mäuse	– Geld
noppeln	– beten
pauken	– schlagen
pennen	– schlafen
Schlamassel	– Unglück
Schmiere stehen	– Wache stehen, aufpassen
schnorren	– betteln
toff	– gut, schön
wittisch	– dumm, einfältig
Zinken	– Nase; geheimes Zeichen

Zeittafel
Die wichtigsten Daten und Ereignisse der »Räuberzeit«

1761 Matthias Klostermayer, »Bayrischer Hiesel«, geb. 1736, gründet eine Wildschützenbande.

1768 Die Bande des Jakob Reinhard, »Hannikel«, überfällt das Haus des Cerf Moses in Mittelbronn. Vier verdächtige Bürger werden unschuldig zum Tode verurteilt, drei zu Galeerenstrafe. Der Justizirrtum wird erst nach 18 Jahren, im Hannikel-Prozeß, aufgeklärt.

1771 300 Soldaten jagen den Bayrischen Hiesel. Nach zweistündigem Feuergefecht Gefangennahme, am 6.9. Hinrichtung (Rad) in Dillingen.

1774 Damian Hessel, »Studentchen«, in Paderborn geboren.

1780 Graf Schenk von Castell (1736–1821) errichtet in Oberdischingen ein eigenes Zuchthaus. Als »Malefizschenk« spezialisiert er sich auf Gaunerfang.

1782 Uraufführung »Die Räuber« von Friedrich Schiller in Mannheim.

1783 Johannes Bückler, »Schinderhannes«, in Mühlen geboren.

1785 Erstes Auftreten der »Niederländischen Bande« – später vorwiegend am Mittel- und Niederrhein tätig (bis 1805) – »Stammvater« Jacob Moyses; Bosbek und Picard als erste »Chefs«.

1786 Schillers »Verbrecher aus verlorener Ehre« erscheint. – Hannikel in der Schweiz gefangen und nach Sulz transportiert.

1787 Erste Steckbriefliste des Oberamtmanns Schäffer von Sulz (1745–1805) in Zusammenarbeit mit dem »bekehrten« Räuber »Konstanzer Hans«. Hannikel und Gefährten hingerichtet.

1789 *Französische Revolution – Erklärung der Menschenrechte.* »Räubernester« der Niederländischen Bande in Neuss und Krefeld.

1792 *Einmarsch der Revolutionstruppen in deutsche Länder.*

1793 *In Mainz (Mayence) erste Republik auf deutschem Boden proklamiert – Ideen der Französischen Revolution (Freiheit, Gleichheit, Brüderlichkeit) in ganz Europa wirksam – Ludwig XVI. (»Bürger Capet«) mit Guillotine (vom Arzt Guillotin erfundenes Fallbeil zur Humanisierung der Todesstrafe) geköpft.*

1794 Matthias Weber, »Fetzer«, geb. 1778, beginnt seine Räuberlaufbahn: Überfall auf einen Postwagen.

1795 *Abtretung der linksrheinischen Gebiete an Frankreich.*

1796 Mersen wird »Zentrale« der Niederländer – Überfälle der »Mersener Bande«.

1797 Raubüberfall auf das Haus des Pfarrers Pithan in Mülheim. Die »Mersener« täuschen einen Angriff französischer Marodeure vor.

1798 *Zentrale Organisation der vier Rheindepartements nach französischem Muster.* Das Räuberleben wird schwieriger: zentrale Polizeigewalt, öffentliche Ankläger, Friedensrichter und Geschworenengerichte. Die Räuber weichen in rechtsrheinische Gebiete aus – Neuwied wird neue Räuberresidenz. Die Niederländer verschmelzen mit den Krefelder und Neusser Räubern zur »Neuwieder Bande«. – C. A. Vulpius veröffentlicht den Räuberroman »Rinaldo Rinaldini«.

1799 Postraub zu Langenfeld. – »Oberdischinger Diebsliste« des Grafen Schenk von Castell gedruckt.

1800 Konferenz von Wetzlar. Zwölf rechtsrheinische Regierungen beschließen gemeinsame Maßnahmen gegen Räuberbanden, unter anderem Verschärfung der Paßgesetze. »General-Jauner-Liste« (3000 Namen) des Hofrats Roth in Emmendingen. Mordbrand in Düdeling – Mersener Bande unter Damian Hessel.

1801 Jeanbon St. André wird Generalkommissar der vier linksrheinischen Departements. Jagd auf den Schinderhannes verschärft sich. Der Öffentliche Ankläger, Bürger Anton Keil, übernimmt als Leiter einer »Geheimen Kommission« die systematische Verfolgung der Banditen. – Schinderhannes will das Räuberleben aufgeben, wechselt aufs rechte Rheinufer über.

1802 »Spezialgerichte« linksrheinisch, Militärgerichtsverhandlung ohne Verteidigung, gegen das Urteil ist keine Berufung möglich. Zusammenarbeit auch mit den rechtsrheinischen Staaten. Vereinbarung zwischen der russischen und der preußischen Regierung: Banditen werden in die Bergwerke nach Sibirien deportiert. Schinderhannes und Fetzer werden gefangen und in Mainz beziehungsweise Köln vor Gericht gestellt.

1803 *Reichsdeputationshauptschluß – Auflösung der Kleinstaaten, Neugliederung Deutschlands beginnt. Der Code Civil, das neue Gesetzbuch der Franzosen (auch Code Napoleon genannt) beeinflußt zunehmend das Rechtsempfinden und die Gesetzgebung der Welt (Abschaffung der Privilegien, Gleichheit vor dem Gesetz, Gleichberechtigung der Juden, persönliche Freiheit).*

19.2. Matthias Weber, »Fetzer«, in Köln guillotiniert.

21.2. Johannes Bückler, »Schinderhannes«, mit 19 Kameraden in Mainz hingerichtet.

1804 *Kaiserkrönung Napoleons.*

1806 *Rheinbund. Ende des Reiches. Modernisierung der Verwaltung unter dem Diktat Napoleons.* Behörden und Polizei arbeiten effektiver. Zusammenarbeit der Staaten. Modernes

Bankwesen, bargeldloser Geldverkehr und Kreditwirtschaft lösen Geld- und Goldtransporte per Postkutsche ab. Das Räuberleben wird unrentabel und immer gefährlicher. Reste der großen Banden tauchen in Städten oder in Wäldern unter. Nur noch vereinzelte Vagantengruppierungen im Odenwald, Spessart, am Vogelsberg und in der Wetterau (Hölzerlips, Mannefriedrich, Schwarzer Peter, Heusner, Grasmann u. a.). Hauptsächlich Bagatelldelikte: Einbruchdiebstähle in Keller, Mundraub u. ä.

1807 *Beginn der Reformpolitik in Preußen – Stein, Hardenberg, Humboldt.*

1809 Damian Hessel im Holzturm zu Mainz – Untersuchungsrichter G. F. Rebmann.

1811 Damian Hessel hingerichtet. Raubüberfall auf eine Kutsche bei Hemsbach (Bergstraße) durch die Vaganten um Georg Philipp Lang, »Hölzerlips«.

1812 *Napoleons Niederlage in Rußland* – Hinrichtung der »Hölzerlipsbande« nach Schauprozeß in Heidelberg.

1813 *Deutsche Freiheitskriege.*

1815 *Wiener Kongreß. Ende der Ära Napoleons.* Ende der »Räuberzeit«.

Bücher zum Weiterlesen

Gerold Anrich: Räuber, Bürger, Edelmann, jeder raubt, so gut er kann. Die Zeit der großen Räuberbanden 1790–1803. Anrich Verlag, Kevelaer 1975 (vergriffen, nur noch in Bibliotheken)

Manfred Franke (Hrsg.): Schinderhannes. Kriminalgeschichte, voller Abentheuer und Wunder und doch streng der Wahrheit getreu, 1802. Wiederaufgefunden i.J. 1977. Verlag Klaus Wagenbach, Berlin 1977

Ulrike Hass: Der plötzliche Reichtum der armen Leute von Kombach. rotfuchs-Taschenbuch 242, Rowohlt Verlag, Reinbek b. Hamburg 1980

Michail Krausnick: Von Räubern und Gendarmen. Berichte und Geschichten aus der Zeit der großen Räuberbanden. Arena-Verlag, Würzburg 1978 (vergriffen, nur noch in Bibliotheken)

Michail Krausnick: Deutschlands Wilder Westen. Vom Räuberleben in Deutschen Landen. Arena-Verlag, Würzburg 1977 (vergriffen, nur noch in Bibliotheken)

Michail Krausnick: Beruf: Räuber. Vom schrecklichen Mannefriedrich und den Untaten der Hölzerlips-Bande. Gulliver Taschenbuch 89. Verlag Beltz & Gelberg, Weinheim 1990

Hans Mathes Merkel: Räuberhauptmann Angelo Duca. Ravensburger Taschenbuch. Otto Maier Verlag, Ravensburg

Herbert Plate: Nehmen, was keinem gehört. Wilderer und Rebell: Der Bayrische Hiesel. Hoch Verlag, Stuttgart 1989

Dieter Preuss/Peter Dietrich: Bericht vom poetischen Leben der Vaganten und Wegelagerer auf dem Winterhauch, besonders aber vom Aufstieg des Kastenkrämers Hölzerlips zum Odenwälder Räuberhauptmann. Anrich Verlag, Kevelaer 1975 (vergriffen, nur noch in Bibliotheken)

Tilman Röhrig: Mathias Weber, genannt der Fetzer. Arena-Taschenbuch 1432, Arena-Verlag, Würzburg 1983
Hannelore Westhoff (Hrsg.): Räubergeschichten. Ravensburger Taschenbuch 1608, Otto Maier Verlag, Ravensburg 1987

Michail Krausnick

Beruf: Räuber

Vom schrecklichen Mannefriedrich und den Untaten der Hölzerlipsbande

Eine historische Reportage

Mit Fotos, alten Stichen und einem kleinen Gaunerlexikon

176 Seiten, Gulliver Taschenbuch (78089) ab 12

Das Buch ist so spannend zu lesen wie ein Krimi. Nur: Es ist kein Krimi. Den Mannefriedrich und seine Bande hat es wirklich gegeben – im Odenwald. Sie haben im Mai 1811 bei einem Postkutschenüberfall einen Kaufmann getötet, sind später gefaßt und mit dem Schwert hingerichtet worden. – Michail Krausnick hat die Geschichte aus alten Berichten und Gerichtsprotokollen zusammengestellt. Neben vielen Bildern findet sich im Anhang auch ein kleines Gaunerlexikon, das nähere Auskunft über das Leben der damaligen Räuber gibt.

»Michail Krausnicks historische Reportage aus der Zeit der großen Räuberbanden ist mehr als eine abenteuerliche und blutrünstige Erzählung aus fernen Zeiten. Die Mächtigen und Ohnmächtigen jener Zeit kommen selbst zu Wort. Das Urteil über sie und ihre Zeit aber darf nach der Besichtigung ihrer Taten und Untaten gesprochen werden. Und vielleicht kommen die Räuber heute dann gar nicht so schlecht weg, wie man immer meint.«

Helmut Engisch, Stuttgarter Nachrichten

Beltz & Gelberg

Beltz Verlag, Postfach 10 01 54, 69441 Weinheim

GULLIVER FÜR KINDER

Taschenbücher
bei Beltz & Gelberg

Eine Auswahl
für LeserInnen ab 11

Mirjam Pressler
4 BITTERSCHOKOLADE
Roman
124 S. (78004) ab 13

Utta Wickert
6 IM JAHR DER SCHLANGE
Tizars Geschichte
120 S. (78006) ab 13

Dagmar Chidolue
17 LIEBER, LIEBER TONI
Erzählung
Bilder von Edith Lang
92 S. (78017) ab 12

Arnulf Zitelmann
21 UNTER GAUKLERN
Abenteuer-Roman aus dem
Mittelalter
188 S. (78021) ab 12

John Tully
22 DAS GLÄSERNE MESSER
Abenteuer-Roman
Aus dem Englischen
244 S. (78022) ab 12

Tonke Dragt
23 DER BRIEF FÜR DEN KÖNIG
Abenteuer-Roman
Aus dem Niederländischen
400 S. (78023) ab 11

Christine Nöstlinger
32 ZWEI WOCHEN IM MAI
Mein Vater, der Rudi,
der Hansi und ich
Roman
208 S. (78032) ab 11

34 DAS TAGEBUCH DES
DAWID RUBINOWICZ
Aus dem Polnischen
Hrsg. von Walther Petri
Fotos aus dem
DEFA-Dokumentarfilm
»Dawids Tagebuch«
120 S. (78034) ab 12

Mirjam Pressler
43 NUN RED DOCH ENDLICH
Roman
160 S. (78043) ab 12

Sigrid Heuck
51 DIE REISE NACH TANDILAN
Abenteuer-Roman
224 S. (78051) ab 11

Mildred D. Taylor
71 DONNERGROLLEN,
HÖR MEIN SCHREI'N
Roman
Aus dem Amerikanischen
236 S. (78071) ab 12

Esther Hautzig
97 DIE ENDLOSE STEPPE
Roman. Aus dem Englischen
248 S. (78097) ab 12

Chester Aaron
102 IM WETTLAUF MIT DER ZEIT
Die Geschichte von Sam, Allan
und dem alten Horace. Roman
Aus dem Amerikanischen
Bilder von Willi Glasauer
192 S. (78102) ab 12

Reinhold Ziegler
109 GROSS AM HIMMEL
Roman
136 S. (78109) ab 12

Karin Gündisch
123 WEIT, HINTER DEN
WÄLDERN
Roman
168 S. (78123) ab 12

Inge Auerbacher
136 ICH BIN EIN STERN
Erzählung. Aus dem
Amerikanischen
Mit Fotos, Abbildungen und
Anhang
104 S. (78136) ab 11

Geoffrey Trease
144 DAS GOLDENE ELIXIER
Abenteuer-Roman
Aus dem Englischen
224 S. (78144) ab 12

Billi Rosen
147 ANDIS KRIEG
Erzählung
Aus dem Englischen
152 S. (78147) ab 12

Bruce Clements
151 HIN UND WIEDER LÜGE ICH
Eine abenteuerliche Reise
durch Missouri
Roman. Aus dem
Amerikanischen
164 S. (78151) ab 12

Margaret Klare
159 HEUTE NACHT IST VIEL
PASSIERT
Geschichten einer Kindheit
Nachwort von Peter Härtling
96 S. (78159) ab 12

Michail Krausnick
162 DER RÄUBERLEHRLING
Mit Nachwort des Autors
und einem Anhang
120 S. (78162) ab 12

Peter Schultze-Kraft
163 DIE BERGE HINTER DEN
BERGEN
Geschichten und Märchen aus
Lateinamerika und der Karibik.
Bilder von Rotraut S. Berner
ca. 128 S. (78163) ab 12

Rosmarie Thüminger
167 ZEHN TAGE IM WINTER
Roman. Mit Nachwort von
Peter Malina
ca. 160 S. (78167) ab 11
Erscheint Januar 1994